그날
나는
붓다를
보았다

그날
나는
붓다를
보았다

배우 이재용의 인생 수행 에세이

불광출판사

추천의 글

'이재용'을 모르는 사람이 있을까. 누구나 떠올리는 기업 회장님 말고, 배우 이재용 말이다. 얼굴을 보고도 그를 모른다 할 사람은 없을 거라 단언한다. 그에게는 배역이 중요할 뿐 자신의 이름은 늘 뒷전인 듯하다. 그래서 우리는 그를 자연인 이재용이 아니라 극중 인물로 기억한다. 그런 점에서 그는 천생 배우다.

　tvN 〈어쩌다 어른〉이란 프로그램에서 그를 처음 만났다. 그는 두 가지 점에서 내 예상을 뒤엎었다. 그가 나보다 연하란 사실이 그 하나이고, 다른 하나는 극중에서 봐온 악역 이미지와 상반된 인물이란 점이다. 말 한마디 한마디가 사려 깊고 따뜻했다. 그리고 이 책을 읽고 한 번 더 놀랐다. 글이 예사롭지 않다. 삶을 관조하고 세상을 달관한 사람에게서 느낄 수 있는 고요한 울림이 있다. 한 편 한 편이 감동 그 자체다.

_ 강원국(《대통령의 글쓰기》 작가)

배우인 그는 심리학자인 나에게 항상 자신은 남의 인생을 살아온 사람이라고 겸손하게 이야기한다. 하지만 그의 말과 글들은 항상 듣는 이로 하여금 자신의 인생을 되돌아보도록 한다. 이재용 배우는 우리가 세상과 타인에 대해 왜 감사하고, 관찰하고, 생각해야 하는가를 스스로의 말과 행동을 통해 보여주기 때문이다.

이 책의 독자들은 마지막 장을 넘기고 난 뒤 세상의 수많은 작은 것들이 사소하지 않고 의미가 있어 보이는 참으로 특별한 경험을 하게 될 거라 믿어 의심치 않는다. 세상은 참 살 만한 이유가 있다는 것 말이다.

_ **김경일**(인지심리학자)

타인의 삶을 모사하다가 정작 자신의 삶을 놓치게 되는 것은 배우와 소설가, 캐릭터를 다루는 자들이 짊어진 오래된 숙명이다. 몰입이 깊을수록 빠져나오는 고통도 크다. 그 유예된 '진짜 삶'을 찾는 방법으로 이재용 배우는 불교 수행을 택했다. 젊은 시절 철학도로서 출가를 권유받기도 했다지만, 빛나는 무대 위의 삶을 살아가는 배우에게 스스로를 낮추고 비우는 수행은 결코 쉬운 일이 아닐 것이다. 나르시시즘과 에고이즘은 예술적 창조의 강한 동력이기도 하기 때문이다.

하지만 이 책은 그 짐작 너머로 우리를 이끈다. 배우 이재용이 아닌 인간 이재용의 번뇌와 방황이 분칠 없이 담겨 있으며, 이를 통해 예술가가 어떻게 자기 인생을 되찾아 가는지를 생생하게 목격할 수 있다.

'세상 모든 존재들이 서로를 의지하며 공존하는 이치!' 별이 쏟아지는 지리산의 밤하늘 아래, 어린 스태프들이 온몸으로 바람막이가 되어주던 대목에서는 마침내 그토록 찾아 헤매던 부처님을 만난 듯도 하다.

문장은 뜨겁고 사유는 깊다. 이것은 배우 이재용이 써내려간 '살아있음'의 기록이자, 혼란한 세상을 떠도는 모두에게 끈질기게 질문하는 책이다. 당신은, 당신의 인생을 제대로 살고 있냐고.

_ 김별아(소설가)

봄이 오는 길목에서 2001년 4월 어느 날. 지인들과 영화를 보러 갔던 나는 잊을 수 없는 사람과 첫 대면을 하게 된다. 관람 후 다들 "니가 가라 하와이" 혹은 "고마해라 마이 묵었다 아이가" 등 영화 속 대사를 소주와 함께 털어냈고. 손가락으로는 〈Bad case of Loving you〉를 두들겼다. 하지만 내 머리 속엔 어느 배우의 인상이 떠나질 않았다. 만나고 싶었고, 연기로 맞장뜨고 싶어졌다. 어쩌면 부러움과 시기였다. 그 시기는 얼마 지나지 않아 해결되었다.

영화 〈男子 태어나다〉의 촬영지였던 소매물도에서 극적으로 만났기 때문이다. 보자마자 서로를 알아봤고, 형과 아우를 결정한 후 몇 시간에 걸친 의형제의 의식을 소주와 학꽁치로 치렀다. 영화를 마친 후 아우는 부산 형을 서울에 안착시키는 데 성공했다.

이후 2002년 〈야인시대〉를 함께하며 우의를 다졌고, 25년을 의형제로 살아내고 있다. 형은 그때 이미 현역에서 활발히 활동하는 수많은 부산 출신 배우, 개그맨들의 스승이었다. 철학을 전공한 배우답게 배역에 접근하는 방법과 깊이가 남달랐고, 이는 훌륭한 연기로 표현되었다.

돌이켜보면, 오랜 기간 술친구와 인생 상담을 마다하지 않고 해 주던 형에게 난 당연하다는 듯 빨대를 꽂고 무한대의 흡입을 감행해 왔다. 모시던 스승님도 공유해 주었고, 외로워 가슴에 생채기가 생길 때마다 형은 묵묵히 들어주었고,

눈으로 위로해 주었다. 형은 연기를 위한 작품 분석과 인물 분석을 위해 혼신의 힘을 다하면서도 마음 공부를 게을리하지 않았다. 먼 길 마다하지 않고 부지런히 큰스님들을 찾아다녔고, 마음을 바로 세우는 데 아낌없이 시간을 투자했으며, 배움을 놓지 않았다. 한 작품 끝날 때마다 털어내기에 급급했던 나에 비해, 형은 작품이 쌓일수록 사색의 깊이가 더더욱 깊어졌고, 마음 공부의 넓이도 커져 갔다.

나라가 어지럽고 상식이 무너진 이 즈음에, 형이 마음의 문을 열고 책을 낸다 하니 걱정이 앞설 수밖에 없다. 하지만 지난 25년간 보아온 형은 분명, 잔잔한 미소와 봄바람의 설렘, 어쩌면 위로와 깨달음을 한꺼번에 선사할 것임에 틀림없기에 진정한 봄이 오는 길목에서 즐거운 마음으로 기다려 본다.

_ 이원종(배우)

여는글

한 방울의 물에도
천지의 은혜가 깃들어 있음을 깨닫기까지

남의 삶을 흉내 내며 살아온 지 40년이 훌쩍 넘었다. 배우는
연기를 통해 인간의 이야기를 전달하는 것만이 아니라 인간
감정의 깊이를 탐구하고, 인간 존재의 복잡성을 이해하며,
관객과의 심리적 연결을 통해 삶의 다양한 면모를 표현해야
한다. 그러다 보면 때때로 맡은 배역의 내적 혼란과 갈등이 배
우에게 전이될 때가 있다. 실재 현실과 극 중 인물로 경험하는
현실이 오래 오버랩되다 보면 정체성 혼란까지 흔하게 겪게
되는 것이다. 거기에 더해 대중적 인기의 쇠락에 대한 염려와
그에 따른 경제적 한계 상황이 닥칠 것이 늘 두려운데도 불
구하고, 대중의 시선으로부터 자유롭지 못한 사회적 입지.

이런 압박 요인들이 많은 배우들을 우울증과 공황장애, 심지어 알코올 중독으로까지 몰아간다. 그렇다고 모든 배우가 의료적 도움을 받을 수 있는 친절한 현실도 못 된다. 그렇다면 셀프 구원이 답이다. 해결방법을 찾아 나선 길에서, 모든 고통들이 마음에서 연유한다는 사실을 깨달았다. 그리고 오랫동안 그 주변을 서성였던 불교가 떠올랐다.

불교 관련 서적을 읽고 영성 관련한 영상들을 찾아보면서 내면의 평화, 예술적 영감, 삶의 의미 발견 모두가 마음에 대한 이해가 필수적으로 전제되어야 함을 확인하게 되었다. 그리고 그 참에 그럴듯한 수행자 놀이에 빠져보기로 했다. 참선, 위빠사나, 만트라 명상까지 자신을 위한 맞춤 수행법이라도 있을까 하여 이리저리 묻고 헤매고 다녔다. 하지만 그 방황은 오래도록 오리무중이란 꼬리표를 달고 다녔다.

그러다 어느 날 문득 '내'가 기대고 있는 세상에게 내가 누구인지를 물었다. 질문이 곧바로 반향으로 돌아왔다. 그러자 '질문을 되돌려 준 온 세상이 애초에 내 스승이 아니었을까'란 생각이 찾아들었다.

하동에 있는 한 사극 촬영장에서 일어난 일이었다. 어느 늦가을 저녁 자꾸 미뤄지는 촬영 순서로 인해 대기시간이 길어지고, 산자락을 타고 흘러내리는 바람에 추위가 막 실감되기 시작한 순간이었다. 현장을 오가던 여자 스탭 몇 명이 패딩을 펼쳐 내 주위를 감쌌다. 그리고 그 중 한 명이 나즉이 내뱉던 소리. "선배님 추우시겠다." 소녀들은 '자비'라고 굳이 내세우지 않고도 부처의 가르침을 몸소 실천해 보여줬다. 그 순간 그녀들은 바로 불보살의 화현이었다. 위선으로 가득했던 내 세상도 함께 무너져 내렸다.

세상에서 빌어온 알량한 정보의 집합체. 먹고 마시고 숨쉬는 모든 것이 다른 존재에 의지해 있고 뿌리 없는 감정과 생각에 끄달리면서도 눈만 뜨면 욕망의 불구덩이를 향해 폭주하는 불나방. 실체 없는 허망한 속성들이 끝없이 나열되고 그것이 '나'란 존재의 개념 정의 같았다.

하지만 허망함이 허망함을 구원할 수는 없는 일. 허망한 자아에 대한 성찰이 끝나자 내 눈길은 '세상 모든 존재들이 서로를 의지해 공존하는 이치'에 붙들리게 됐다. 대중가요 한 소절에 눈물짓는 법도, 서툰 손길로 갓 태어난 자식들을 껴안는 법도, 누군가를 위해 음식을 만들고 쓰레기를 치우는 일도, 다친 몸을 부축받아 계단을 오르내리는 일도 다른 인연들이 상대적으로 존재하지 않았으면 세상에 나타나지 못했을 일들이었다.

　미세한 인과의 작용들이 '나'를 품은 채 내 앞의 현실로 나타나고 세상이란 거울에 비춰 경험되어진 것들이 또 다시 '나'를 이루고 있었다. '나' 혹은 '내 것'이라고 고집해 왔던 몸과 감정, 생각 같은 것들은 온 우주적 현상이라는 전체 안에서만 이해되어질 수 있는 어떤 요소 혹은 현상에 불과했다. 작은 각성과 더불어 부끄러움과 후회로 범벅된 날들이 이어졌다. 그러던 어느 날 우연히 들리게 된 작은 암자의 공양간. 그 벽에 적혀 있던 공양게송(식전 감사기도문) 한 구절에 눈이 크게 떠졌다.

　"한 방울의 물에도 천지의 은혜가 깃들어 있네."

　그랬다. 내 몸을 이루는 피 한 방울은 물 한 방울이 그 근원이었고 자연계의 거대한 순환이 이뤄지는 한 과정에 내 생명이 놓여 있었다. 그때부터 이 세상 모든 존재들과 현상들은 끝없이 일깨움을 선사해 주는 스승들로 변모해가기 시작했다. 더는 자식이 자식이 아니었고, 제자가 제자가 아니었다. 높은 자가 높은 자가 아니었고, 낮은 자가 낮은 자가 아니었다. 가르고 판단하는 의식이 사라진 건 아니었지만, 적어도 도처에 숨어 계시다가 일깨움을 위해 인연으로 나타나시는 스승들은 나중에라도 알아볼 수 있게 되었다. '나 이외의 모든 존재가 스승으로 나투시는 세상!' 이 작은 깨달음에 다다르는 데 왜 그토록 오랜 방황이 필요했을까.

차를 몰고 나가는 나를 환한 웃음으로 배웅해 주시는 숙소 경비실 아저씨들, 친근한 이웃들이 진심을 다해 안부를 물어오는 살가운 배려, 주인을 따라 엘리베이터에 오르는 귀여운 애완견의 눈망울, 집앞 가로수가 털어내는 잎사귀의 낙하 등 아직 배움의 여정은 계속되고 있다. 감사와 감동이 점철된 가르침을 챙겨 가며 삶은 흘러가겠지만 다 갚지 못한 은혜가 미련으로 남을 것 같다.

종교적 표현들이 자주 등장하지만 길을 보여주신 직접적인 스승들에 대한 예의로써 그런 표현들을 따라 썼을 뿐이니 크게 마음에 두지 말고 읽어주시면 좋을 것 같다. 두서없고 장난기 가득한 표현들은 무거운 내용들에 대한 중화제로 생각하시면 좋겠다.

기쁨과 고통이 쌍을 이루고 빛과 그림자가 서로의 존재 근거가 되는 기묘한 행성에서 함께 여행하는 모든 이들이 행복하고 평안하며 안락하시길 축원드린다. 또한 게으른 제자의 각성을 위해 정성을 다해 가르침을 주신 현밀 양교의 스승들께 엎드리며, 그분들의 축복을 통해 많은 존재들이 깨어나 세상을 환히 밝히게 되길….

인내를 갖고 책의 출판을 위해 애써 주신 모든 분들께 감사드린다.

인연으로 오가시는 모든 스승들께
적정 이재용 삼가

차례

2장 부처님 감사합니다

3장 죽을 때까지 배우로 살고 싶다

1

나는

잘
살고

있는
걸까?

돌이켜보면 아름다운 순간들도 이 몸으로 경험했고
고통과 좌절의 순간들도 이 몸을 지나갔다.
시든 꽃처럼 몸에서 생기가 빠져나가는 것을 지켜보며 묻게 된다.
나는 잘 살고 있는 걸까?

행복하게 살다 행복하게 죽고 싶다

:

왜 사느냐고 물으면 많은 사람들이 행복해지기 위해서라고 한다. 그럼 행복이 뭐냐고 물으면 대답은 분분하지만 대충 정리해 보면 욕망이 온전히 충족되고 또 그 상태가 지속되는 거란 결론에 이른다. 인생이 '고해(苦海)'라는 사실을 처음 절감했던 게 서른 즈음이었던 것 같다. 경제적인 곤궁, 이상과 현실의 충돌, 사랑의 배신 등 삶이란 게 오롯이 제 몫의 무게임을 실감하게 된 것도 그 무렵이었다. 누구든 겪을 법한 일들을 시간이 펼쳐 보여줬고 모든 순간들은 장마철 들판에서 만난 소나기처럼 피해갈 수 없는 통과의례로 다가왔다가 펄럭 기억 뒤꼍으로 넘어갔다.

연애가 끝난 후 아내가 생겼다. 그 아내가 아이 셋을 눈앞에 늘어놓기까지 시간은 언제 흘러간 지도 모르게 몇 십 권 달력을 꿀꺽 삼켜 버렸고 찬바람 부는 어느 이른 아침 죽음이 늘 머리맡에 서 있는 놈임을 깨닫게 되었다. 참으로 신선한 충격이었다. 죽음에 열외가 없다는 사실. 이미 그 전에 나이가 흰개미처럼 육체를 밑동부터 갉아먹고 있어 왔다는 사실. 눈 밑에 멘톨을 바른 것처럼 애써 외면해 왔던 모든 것들이 확연해졌다.

부모님들의 이불 속 수작 덕분인지 몰라도 '뭔' 존재가 세상에 덩그러니 내던져졌고, 그 '뭔'가는 생명을 이어가려 악다구니를 쓰다가 결국엔 티끌로 돌아간다는 것. 아무리 그 과정을 그럴듯하게 포장하려 애써도 '나다', '살다', '죽다' 외엔 별다른 내용이 없는 게 인생이었다. 거기에 뭔가를 덧붙인다면 기꺼이 사족이요 개수작이라 말할 수 있을 것 같았다.

그렇다면, 이 징글징글한 생존의 과정은 뭐란 말인가? 욕망의 꼬리를 좇아 평생을 발버둥치다 입관으로 마무리되는 한바탕 헛소동인가? 뒤통수에서 발뒤꿈치까지 끈적한 허무가 흘러내렸다. 그 뒤의 여정은 짐작 가능할 것이다. 종교에 경도되고 '참나'를 추구하고 '뭔'가가 '뭐꼬' 하며 헤매 다니고 등등…. 덕분에 호기심의 대상이 온 우주로 확장되는 부작용이 생기긴 했지만 적어도 이 풍진 세상살이에 대한 질문 범주는 비교적 좁아진 건 사실이다.

그러던 어느 날 문득 한 가지 사실이 떠올랐다. 여태껏 살면서 행복이 뭔지를 제대로 새겨 보지 못했던 것이었다. 기쁨의 순간만 오롯이 경험하는 것을 행복이라 했을 때 그것은 뒤이은 무덤덤함이나 슬픔에 곧바로 잠식당해버리곤 해서 기억조차 힘들었다.

오가는 이유도 모르고 살아가야 하는 게 인간의 삶이라면, 그나마 행복의 감각들로만 채워질 순 없는 걸까? 이 한 시대를 함께 살아가는 온 인류에 대한 연민이 솟구치며 성스러운(?) 상념들이 꼬리를 이었다. 따지고 보면 인류는 교육을 위해 적지 않은 시간을 학교에서 보내면서도 행복해지는 법을 배운 적이 없는 것 같다.

기억해 보라. 당신의 삶 속에서 행복이 무엇인지를 제대로 일러주고 행복해지는 방법을 일러준 선생이 있었는지, 아이러니하게도 주위에 있는 사람들의 대답은 하나같이 '없다'였다. 어차피 시작과 끝이 정해져 있고 오가는 이유를 모른다면 과정이라도 행복해야지 않겠나 싶다.

살다 보면 '뭐 하러 배웠지?'라고 되물을 수밖에 없는 것들을 교육이란 미명 하에 주입당해온 사실을 깨닫게 된다. 하지만 정작 우리에게 절실한 것은 행복해지는 방법이다. 왜 인간은 행복해지는 법을 교육하지 않는가? 우리를 시험에 들게 했던 그 많은 선생님들은 정작 행복해지는 법을 알고 계셨던 걸까? 남은 세월 행복하게 살다 행복하게 죽고 싶다. 누가 나에게 행복해지는 법을 가르쳐다오.

어차피 시작과 끝이 정해져 있고
오가는 이유도 모르고 살아가야 하는 게 인간의 삶이라면
그 과정이라도 좀 행복해야 하지 않을까?

나는 잘 살고 있는 걸까?

인간은 왜 욕망을 위해 폭주하는가

:

"꺼져라 꺼져 짧은 촛불이여. 인생은 걸어 다니는 그림자일 뿐. 무대 위에서 잠시 거들먹거리고 종종거리며 돌아다니지만 얼마 안 가 잊히고 마는 불행한 배우일 뿐. 인생은 백치가 떠드는 이야기와 같아. 소리와 분노로 가득 차 있지만 결국엔 아무 의미도 없다."

극단적인 허무의 늪에 빠져든 자가 휘갈겼을 법한 이 대사는 셰익스피어의 4대 비극 중 하나인 〈맥베드〉에 나오는 명대사다. 그러나 누구에게나 명대사로 읽히는 건 아닐 것이다. 더욱이 살아갈 날이 창창한 젊음들에겐 단순히 문학적 수사로 범벅이 된 지루한 문장에 불과할 테니. 하지만 최소 50년쯤 인간 세상을 편력하고, 무대 위에서 그리고 카메라 앞에서 40년쯤 보내고 난 배우라면 위의 대사는 살과 뼈를 헤집고 스머드는 동짓달 추위처럼 느껴진다.

고전에 취미가 없는 사람들을 위해 간략히 내용을 소개하겠다. 주인공 맥베드는 세 마녀의 예언을 듣고 왕이 되겠다는 야망에 사로잡히게 된다. 그의 아내인 레이디 맥베드 또한 남편의 야망을 부추기며, 결국 두 사람은 권력을 쟁취하기 위해 모시던 왕을 암살한다. 이 쿠데타엔 절친 뱅코우도 가담하는데 그마저도 부부의 배신으로 희생되고 만다. 그 과정에서 그들은 인간성을 잃고, 주변을 도륙하기 시작한다.

그렇다면 이 광기에 사로잡힌 부부가 잘 먹고 잘 살았을까? 레이디 맥베드는 음모의 희생양들이 환몽으로 매일 밤 나타나자 신경 쇠약으로 미쳐 날뛰다 죽고, 맥베드는 아내와 주변을 모두 잃고 난 후 복수를 다짐한 반군에 의해 빌런답게 비참한 죽음을 맞이한다.

맥베드의 이야기는 오컬트적 픽션이지만, 인간의 탐욕과 잘못된 신념이 가져오는 파괴적인 결과를 상징적으로 보여준다. 맥베드와 레이디 맥베드는 권력을 얻기 위해 양심과

도덕을 내팽개쳤고, 그 대가로 고통과 불행을 떠안았다. 이처럼 탐욕은 인간을 비극으로 이끌 수 있는 강력한 힘이다. 그럼에도 인간들은 이런 고전의 충고를 산뜻하게 무시한다.

현대 사회에서도 맥베드와 같은 탐욕을 찾아보는 것은 어렵지 않다. 정치인, 기업가, 심지어 평범한 사람들까지 권력과 물질적 이익을 쟁취하기 위해 도덕적 기준을 무시하고, 타인을 해코지하는 경우가 적지 않다. 이러한 탐욕은 개인의 삶뿐만 아니라 사회 전체에 부정적인 영향을 미친다. 부패와 불공정, 불평등이 심화되고, 결국에는 사회의 신뢰와 안정이 무너지는 것을 우린 숱하게 경험해 왔다.

탐욕은 끝없이 감각적 욕망을 충족시키며 잘난 척 날뛰고 싶어 하는 에고의 원시성과 깊은 연관을 맺고 있는 것 같다. 그래서 그 원시성의 통제에 이성이 필요하다. 하지만 세상에 교육이 필요한 이유를 통해서 보듯 이성을 훈련시켜 인간의 여러 욕망들을 통제하는 데는 상당한 시간과 노력이 필요한 반면 욕망을 해방시키고 분출시키는 것은 너무도 단순하고 손쉽다. 이런 욕망의 화신들은 오랜 세월에 걸쳐 그럴 듯한 구호와 위장을 앞세워 세상을 지배했고 그들에게서 맥베드의 몰락을 반복적으로 보게 됐다.

지금부터 소소한 욕망들을 술의 힘을 빌려 분출하던 시절에 관한 뜬금없는 고백 타임을 가져 보면, 20대 초반 예술가들은 리버럴해야 한다는 소리를 누군가에게서 듣고 신앙했었다. 그래서 치졸하기 짝이 없는 미친 짓을 하고 돌아다녔다. 그중엔 경범죄에 해당하는 짓거리도 있었다. 비록 타인을 해치는 짓은 아니었어도 분명 부끄러운 짓이었다. 잘못된 신념에 이끌려 윤리나 도덕은 위선자들이나 내뱉는 구호쯤으로 여기기도 했었고 파격과 전위를 우상으로 섬기던 시절이었다. 하지만 그것은 정치적 폭압이 횡행하던 시절, 그 시대에 대한 나름의 유치한 저항 같은 것이었다.

　우습게도 얼마 전 현실 맥베드의 또 한 번의 몰락을 지켜보면서 원작을 보며 느꼈던 교훈을 새삼 절감했다. 그들은 이 시대의 마녀들의 예언을 맹신했고 자신들의 탐욕에 한계를 긋지 않았다. 욕망은 감각적 경험으로 이뤄진 공허한 기억의 무더기다. 그 갈증을 채우기 위해 몸부림쳐 봤자 공허만을 다시 맛보게 될 뿐이다. 그 오랜 교육을 통해서도 그들의 이성은 탐욕을 길들이지 못했고 고통과 불행의 길로 운명은 그 주인들을 안내했다.

　맥베드의 독백이 완벽하게 공감되고 이해되는 부분이

다. 인생이란 꿈속에서 꿈을 꾸는 일을 직업으로 택했기에, 인생이란 찬란하게 허망한 연극이 제대로 이해되기 시작한 것이다. 세상이란 무대에서 촛불에 비친 그림자처럼 펄럭대다 오간 데 없이 사라지는 걸 알면서도 인간은 왜 욕망을 위해 폭주하는 걸까?

살아가며 그렇게 흙탕물을 일으키지 않아도 인생은 결국 무(無)로 돌아간다. 봄날 호젓한 강가에 나가 앉아 떠올려보라. 몸으로 살다간 인간 중에 그 어떤 이가 죽음을 피해 아직도 부귀영화를 누리고 있는지.

아직, 오리무중

：

스물여섯에 고달픈 생계 해결을 위해 입시 연기학원 강사를 시작했다. 배우를 꿈꾸며 찾아온 아이들은 열여덟, 열아홉에 불과했다. 아이들에게 환상을 심어 주기 싫어 가혹하다 싶도록 엄하게 가르쳤다. 그 나이를 지나온 가난한 연극배우는 제자들이 세상에 나가 무릎 꿇고 사는 모습이 보기 싫었다. 온실에서 자라난 화초여서는 배우의 삶을 감당하기가 불가능해 보였기에 온실의 유리를 걷어내고 비바람과 눈보라에 노출시키고 싶었다. 철없이 광기나 다름없는 열정만 앞세운 선생을 순수한 영혼들은 잘 따라와 줬다.

　강사로서 제법 구력이 붙고 아이들의 진학률도 꽤나 만

요즘 들어 삶과 죽음,
이 생에 오가는 이치가 몹시 궁금하다.
인생의 해설서를 찾아 나선 지 오래지만 아직 오리무중이다.

족스럽던 어느 날이었다. 다들 진학 잘하고 각자의 꿈을 쫓아가겠지라는 기대와 달리 졸업생들 중 한 친구가 낙동강변에서 변사체로 발견됐다는 얘기가 전해졌다. 제일 처음 가르쳤던 친구였고 무척이나 열심이었고 어설픈 선생을 의심 없이 따라줘 많이 아끼고 사랑했던 제자였다. 사후 백골화가 진행된 채 발견됐단 말을 들었을 때 사방에서 벽에 금이 가는 소리가 들렸다.

이후에도 제자들이 앞서는 경우가 그 뒤로 몇 번인가 더 있었다. 올 때는 순서가 있어도 갈 때는 순서가 없단 얘기를 그때마다 절감해야 했다. 그들 중엔 재능과 열정이 선생을 앞지를 것이 기대되는 친구들도 있었기에 이해 안 되는 우주의 섭리 앞에 술잔만 하염없이 꺾었던 기억이 난다.

나이 50을 지나며 지방대학 방송연예과 학과장을 맡고 있던 제자가 함께 아이들을 가르치며 영화도 같이 만들자는 제안을 해 왔다. 꿈에 부풀어 수락했지만 불과 2년이 채 안돼서 그 친구도 바삐 앞서갔다. 그리고 주변에서 심심찮게 유명을 달리한 지인들의 소식이 들려왔다. 싫어도 나이를 의식할 수밖에 없었다. 더불어 죽음이란 게 거부할 수 없는 실존의 한 과정이란 사실을 절감했다.

얼마 전 믿기지 않게 60이란 나이가 눈앞에 닥쳐왔다. 아직 〈쇼미더머니〉를 시즌 11까지 놓치지 않았고, 〈언프리티 랩스타〉, 〈스트리트 우먼 파이터〉가 재밌는데 그럼 비정상인 건가? 물론 짐에서 벤치프레스를 해 보면 확실히 무거운 중량이 버겁긴 하다. 좀 더 솔직해지자면 몸이 무너지는 걸 자각하기 시작한 지 제법 되긴 했다.

많은 이들이 수십 년 학교라는 곳에서 이런저런 교육을 받았지만, 짧은 촛불과 같은 이 한생에 행복이 뭔지 어떻게 해야 행복해지는 건지 배워 본 적도 없고, 인생이 뭔지 어떤 게 나이스한 죽음인지에 대해서도 제대로 가르친 이가 없는 것 같다.

요즘 들어 삶과 죽음, 이 생에 오가는 이치가 몹시 궁금하다. 인생의 해설서를 찾아 나선 지 오래지만 아직 오리무중이다.

술과 휴대폰

⋮

숙취로 온몸이 후줄근해진 아침이면 찾아오는 상념이 여럿 있다. 이토록 버거운 후유증을 예상 못 한 것도 아닌데 중간에 왜 브레이크를 못 잡았을까 하는 후회가 머릿속에 떠오르는 첫 손님이요. 그래도 함께한 사람들과 즐거웠으면 된 거 아니야라는 자기변명과 위로가 그다음이다. 뒤이어 상황의 재구성을 통해 간밤의 술자리에서 함께한 사람들에게 민폐를 끼친 일은 없는지를 점검한다. 아니 정확히는 점검을 시도해 본다. 당연히 블랙아웃이 일어난 정확한 시점이 기억에 없으니 시간의 역추적에 의한 추리는 결론적으로 말짱 도루묵에 그치고 말지만 말이다.

중력의 위력을 실감하며 반쯤 일으킨 몸뚱어리에 수분 공급을 마치고 바닥난 기력을 회복할 해장 메뉴를 고민할 때쯤 목뒤를 긁고 올라가며 알코올에 절은 뇌에 전기 충격을 가하는 기억 하나. 머리맡에 놓여 있어야 할 휴대폰! 여태껏 굼뜨던 몸뚱어리에 비상 신호가 전달되며 반사 신경의 반응 속도가 급격히 빨라진다. 뇌의 추리 기능도 놀랍도록 활성화된다.

요즘 젊은 친구들이야 무슨 무슨 페이 하며 자신들의 휴대폰에 카드를 실어 놓고 플라스틱카드와 결별하는 추세인 걸로 안다. 하지만 새로운 앱을 다운로드할 때마다 ID에 비밀번호까지 몽땅 새롭게 생성하고 그것들을 지성으로 외우는 일이 번거로워 아직 플라스틱카드를 휴대폰과 패키지로 엮어 다니는 터라 휴대폰의 분실은 재앙을 의미한다.

신분증과 각종 신용카드의 재발급에 따르는 번거로움은 차치하더라도 당장 이뤄져야 할 급한 통신내역들이 중요도에 따라 뇌 속 스크린에 전개된다. 만약에 촬영 일정이라도 있다면 더더욱 큰일이다. 촬영 시간과 장소 공지를 휴대폰을 통해 확인하기 때문인데 새벽에 출발해야 하는 비상 상황이라면 매니저가 현관문을 두드릴 때까지 잠 따윈 포기해야 한다. 갑자기 이마에 식은땀이 솟구치며 온 집안을 뒤지기 시작한다.

지난밤 입었던 옷과 혹시 들었을지도 모를 가방부터 턴다. 그리고 출입문부터 침실에 이르기까지 동선을 체크한다. 화장실 변기까지 만약을 상상하며 들여다보고, 건망증 환자들의 경험담에 흔히 등장하는 냉장고 안도 꽁꽁 언 채 발견될 휴대폰의 처절한 모습을 상상하며 냉동실까지 뒤진다. 설마와 혹시를 반복하며 수색이 이어지고 희망과 낙담이 교차하는 애절한 몸짓을 스스로 자각하는 일은 또 얼마나 참담한 일이던가. 이쯤 되면 보호령의 존재라도 믿고픈 절실함까지 생겨난다.

"이제부터 술 끊을 테니 제발 핸드폰만 되찾게 해 주세요." 주문처럼 되뇌지만 한편에선 "완전히 끊기는 힘들 텐데 필름이 끊기는 일이 없도록 자제하겠습니다."로 바꾸자는 비루한 목소리도 들려온다. 오전 반나절이 허허롭게 지나가고 스스로 머리를 쥐어박고픈 지경에 다다르면 포기란 단어가 슬며시 떠오른다. 이 난리를 자초한 건 술을 끊으라는 하늘의 계시가 분명하니 '순리를 따라야 할 것 같지 않나?'라며 스스로를 설득한다.

돌이켜보면 눈앞에 아지랑이 일 듯 사물에 대한 이런저런 분별을 잊고자 시작한 음주의 길이었다. 인생이 '고해'라는 말씀에 공감하며 스크래치 난 인생에 반창고를 붙여 주는 심정으로 벗삼은 게 술이었다. 예술가라면 으레 한잔 술에 창작의 고뇌를 씻어 낼 줄 알아야 한다는 주당계 대선배들의 조언을 금과옥조로 여기며 그들과 같은 경지에 다다르고자 걸어온 길이었다. 그렇게 꿋꿋이 걸어온 길이건만 음주 후에 벌어지는 현상들은 나날이 구차해진다.

휴대폰이 자주 바뀌고 신분증 갱신도 빈번하다. 나를 떠난 많은 것들에 집착하지 않는 대범함을 배우는 거라 스스로를 위안했지만 속이 쓰릴 만큼 아까운 본심은 숨길 수가 없었다. 숙취가 해소되기를 기다리며 잠으로 죽여 버린 시간들은 얼마이며, 그 시간 동안 할 수 있었던 일들은 또 얼마나 많았을까.

반성이 깊어지고 체념이 명상으로 이어질 때쯤 이른 기상과 뒤이은 난리법석으로 고단해진 육신이 자꾸 뒤로 기운다. 그래 모든 걸 내려놓고 잠으로 맑은 의식을 되찾자 싶어 베개를 끌어당긴다. 술기운이 빠져나가며 가벼운 한기가 느껴진다. 발아래 홑이불이라도 덮어야겠다. 그렇게 육신을 정돈한 채 드러누웠는데 발끝 너머 빼꼼 검은 물체가 보인다. 무신경한 시선이 넘어갔다 제자리로 돌아온다.

"심봤다아아아아아아…."

오늘 점심엔 밥 따윈 거들떠보지도 않을 것이다. 새콤달콤한 홍어무침에 막걸리로 이 재회의 기쁨을 맘껏 누릴 것이다.

할매들의 침묵, 시금치 카르텔

:

기질적으로 사람을 가리지 않고 만나다 보니 주변 지인들의 스펙트럼이 다양하단 소릴 자주 듣는다. 솔직히 누군가를 보고 호기심이 동하면 어떻게든 꼭 인연이 될 거라고 자기 암시까지 걸어 두는 스타일이다. 지금은 대중적인 인지도 덕분에 사람 만나는 게 수월해진 편이지만 무명 시절을 지나면서도 마음에 묻어 두었던 사람들은 사정이야 어찌 됐든 세월이 지나고 보니 신기하게도 옆에 있게 되더라고 하면 믿으려나?

가수 강산에나 돌아가신 소설가 이외수 형님이 대표적인 경우다. 한때 밀양 표충사 옆에 있는 전통찻집이 너무 좋아 사흘이 멀다 하고 부산과 밀양을 오간 적이 있었다. 그때마다 녹음 짙은 고속도로를 창문 열고 달리며 강산에의 노래를 주구장창 들었는데 그 가운데 〈거꾸로 강물을 거슬러 오르는 저 힘찬 연어들처럼〉은 결국 내 18번이 되어 버렸다. 그로부터 십 년이 채 안 돼서 그를 친구로 부르게 된 건 물론이다. 이외수 형님은 가운데 전령사를 두고 서로의 이름만 들으며 수십 년을 궁금해하다 타계하시기 불과 수년 전 화천의 한 식당에서 드라마틱한 첫 조우가 이뤄진 경우다.

이쯤 되면 인맥 자랑질이냐고 눈 흘기는 분들도 있겠지만, 세상에 크게 드러나지 않아도 요즘 말로 매력 쩌는(?) 사람들이 어디 한둘이겠는가. 굳이 셀럽이 아니더라도 양극성장애에다 공황장애까지 사이드로 장착한 대표적인 유리 멘탈에게 절대적으로 필요한 유형의 사람이 있다.

그는 한 시간 썰을 푸는데 매 1분마다 턱이 빠지고 의자에서 미끄러지게 하는 탁월한 재담가다. 달변으로 사람을 집중케 하는 출중한 능력자들을 자주 보지만, 개인적으론 상황 묘사나 캐릭터 묘사에 능하면서도 우쭐대지 않는 쪽을 선호하는 편이다. 그리고 그런 조건에 꼭 부합하는 인물이 있으니 바로 홍대 앞 '인디 뮤직 씬(Indie Music Scene)'의 대부 '김마스타'란 친구다.

그는 대학을 마치자마자 혈혈단신 기타 한 대 둘러메고 대구에서 상경해 20년 넘게 음악과 헤어지지 않고 꿋꿋이 외길을 가고 있는 싱어송라이터다. 여기까지의 이력만 본다면 인디 뮤지션들의 흔한 히스토리일지 모르겠다. 하지만 그가 경험했던 '시금치 카르텔'과 같은 얘기를 듣는다면 얘기는 달라진다. 이 시대에 왜 그와 같은 이야기꾼이 필요한지 사람들이 이해하게 되리라 믿는다.

홍대 시절을 정리한 그가 일산행을 결정하고 '능곡'이란 지역에 자리를 잡았다. 쳐다보기 버거운 초고층 아파트 대신 연립주택과 빌라가 더 많이 눈에 띄는 인정미 넘치는 동네라 마음이 편하다고 했다. 특히 가까이에 재래시장이 있어 음식에 일가견 있는 그에겐 더더욱 안성맞춤의 서식지라 했다.

어느 날 능곡시장에 들른 그의 눈에 들어온 모습은 가판대 위에 몇 무더기 야채를 올려놓고 팔리기만 애타게 기다리는 할머니 몇 분의 모습이 들어왔다. 마침 몇 가지 필요한 것도 있던 참이라 다가가니 한 할머니가 다 팔고 이거 남았으니 한꺼번에 사면 싸게 주고 자신은 집에 들어가 좀 쉬어야겠노라고 하더란다. 안쓰러운 마음에 시금치와 감자, 봄동을 봉지에 쓸어 담고 만 원을 치렀다. 그리고 연신 고맙다 인사를 건네는 할머니와 자신을 향하는 바로 옆 상인들의 부러운 시선을 뒤로하고 발걸음을 옮기던 찰나! 왠지 뒤가 켕기는 묘한 기분에 뒤를 돌아보는 순간 방금 전만 해도 떨이를 하고 집에 돌아가 쉬어야겠다던 그 할머니가 방금 전 놓여 있던 배열 그대로 야채 무더기를 또 올려놓는 게 아닌가!

"할매 쫌 전에 내한테 판 게 마지막이라면서요?"

할머니의 역대급 연기력에 깜빡 넘어간 자신이 부끄럽고 화가 난 그가 뒷목을 잡으며 물었다. 그러자 낯빛 하나 변하지 않고 내뱉은 할머니의 황금 대사!

"이 사람아, 사회가 다 그런 거 아냐?"

이야기를 듣다가 1차 이 부분에서 쓰러졌는데 2차 공격에 거의 실신까지 갔다.

"으아, 형! 옆에 할매들 다 보고 있었으면서도 그 침묵의 시금치 카르텔!"

그의 분함이 아직도 전해져 온다.

깨달음은 멀리 있지 않다

:

신혼살림을 시작한 동네에 그리 높지 않은 산이 하나 있었다. '아홉 가지 덕을 품은 산'이란 뜻의 이름을 가져 '구덕산'이라 불렸다. 걸어 올라도 숨이 많이 가쁘지 않은 친절한 높이도 그 산이 지닌 미덕 중에 하나였다. 마당 너른 집을 꿈꾸기엔 넉넉지 않은 연극배우 신혼살림에 차로 불과 5분이면 오를 수 있는 동네 산은 훌륭한 안식처 겸 위로처가 되어 주었다.

게다가 산중턱 마을버스 주차장 부근으로 해장국집을 비롯한 식당가가 들어서 산행을 마친 사람들의 허기도 달래 주는 매력 만점의 장소이기도 했다. 그뿐이 아니었다. 아름

드리 소나무가 즐비한 포장도로를 걸어 들어가면 정말 그림 같이 정갈한 사찰이 자리하고 있어 복잡한 머릿속을 헹궈내기에도 제격이었다. 가벼운 산행 끝에 해장국으로 속을 채우고 나면 사찰에 딸린 찻집에 들러 전통차로 목을 축이며 나름 고요한 호사를 누리기도 했다.

그렇게 가난한 배우 살림에 넉넉한 마당 노릇을 해 주던 구덕산. 아이들이 하나, 둘 태어나면서 그 산이 왜 아홉 가지 덕을 품은 산으로 불리게 됐는지 짐작하게 된다.

둘째까지 태어나 제법 아장거리며 걸을 수 있게 된 어느 날이었다. 육아에 지친 아내에게 밥하기 뭣하면 뒷산에서 아이들 놀리다가 식사를 해결하고 내려오자고 했다. 아내도 반가운 눈치였다. 사찰 앞 숲속에 제법 너른 공터와 청소년들을 위한 야영장도 있어 아이들 데리고 산책하기에도 너무 좋았다. 혼자 상념에 빠져 숲길을 한참 걸어가고 있는데 아내가 다급하게 불러 세웠다. 아이들에게 무슨 일이라도 생겼나 싶어 고개를 돌리니 재밌어 죽겠다는 아내의 표정이 눈에 들어왔다.

"애들 지금 어떡하고 있는지 한번 봐요."

아내의 말대로 꼬맹이들을 살펴보는데 실소가 터져 나

자연 속에서 다른 생명들과 교감하는 아이들의 눈에 담긴 저 천진함!
그런 아이들의 미세한 몸짓 하나하나가 바로 가르침이었다.
자연과 어떻게 교감하는지를 잊어버린 어른들은 얼마나 불행한가?

왔다. 방금까지 뒷짐을 지고 걷고 있었단 사실을 잊고 있었
는데 뒤따르던 아이들이 똑같이 뒷짐을 지고 아버지를 그대
로 흉내 내고 있었던 것이다.

"아, 무서운 DNA의 위력이여!"

사실 아이들과 함께 생활하는 공간에 담배 냄새를 풍기
기 싫어 밖에서 술과 담배를 많이 한 날은 추워도 거실에서
잠을 청하긴 했지만 자식들 앞에서 찬물도 가려 마셔야 하는
이유를 새삼 깨닫게 되는 순간이었다.

산에 풀어놓는 날들이 많아지면서 아이들도 숲속 자
연에 친숙해져갔다. 특히 큰애는 벌레들과 친했다. 송충이
나 자벌레를 아무렇지도 않게 만졌다. 무섭지 않냐고 물으
면 "귀엽잖아요"란 대답이 자연스레 돌아왔다. 벌레의 모양
과 움직임에 혐오의 감정을 불러일으키는 선행 학습의 폐해
에 절어 있는 어른이란 존재가 부끄러워졌다. 아이의 눈에는
일체의 차별상이 없는 듯 벌레들과 아무 거리낌 없이 놀다가
풀숲이나 나뭇가지 위에 데려다주었다. 그리고 잘 있어, 잘
지내란 인사말까지 덧붙였다.

한 배에서 나온 형제지만 둘째의 취향은 또 달랐다. 가을
이면 낙엽이 쌓인 구덩이를 찾아내 마른 잎들을 헤집고 들어

가 이불처럼 낙엽을 덮고 하늘을 우러르며 행복한 웃음을 얼굴 가득 띄우곤 했다. 입고 있는 옷이 자연산 재료로 새롭게 스타일링 되는 건 당연지사.

처음엔 빨래를 감당해야 하는 아내 생각에 아이의 기행(?)을 말려보려 했지만 곧 그 생각을 접을 수밖에 없었다. 자연 속에서 다른 생명들과 교감하는 아이들의 눈에 담긴 저 천진함! 그런 아이들의 미세한 몸짓 하나하나가 바로 가르침이었다.

우린 늘 자식을 가르쳐야만 하는 대상으로 여긴다. 하지만 아이들의 경계를 허문 천진한 몸짓을 어른들이 흉내라도 낼 수 있을까? 꾸밈없는 저 몸짓에 진리가 스며들어 있는 게 아닐까라는 생각이 찾아들자 말리기를 단념했다. 그리고 매사를 옳고 그름으로 나누는 이분법적 사고에 사로잡혀 때문지 않은 성자들을 미처 알아보지 못한 어리석음을 반성했다.

자연과 어떻게 교감하는지를 잊어버린 어른들은 얼마나 불행한가? 순수의 낙원을 떠나면서 인간은 욕망의 겉옷을 겹겹이 껴입은 채 고통 속으로 들어간다. 자연도 그 욕망을 위한 제물로 희생시키기를 주저하지 않는다. 개발이니 발전이니 어쭙잖은 변명들을 주워 삼키면서 말이다. 하지만 자

연이 우리 아이들의 성자로서의 면모를 가장 완벽하게 드러
내는 배경임을 빨리 깨닫지 않으면 인간의 불행은 세대를 이
어 전해질 것이다.

　이따금 구덕산에 오른다. 옆에는 키를 따라잡은 아이들
이 같이 걸어준다. 그 사이 늦둥이도 태어났다. 그 아이도 산
의 품을 기억한다. 숲의 향을 폐 깊숙이 끌어넣으며 그 산의
나머지 미덕들을 헤아려 본다.

이 또한 지나가리라

⋮

코로나19 팬데믹. 전대미문의 대역병이 세계를 휩쓸자 사람들의 피부엔 가시가 돋아나기 시작했다. 두려움에 잔뜩 질린 얼굴로 서로를 밀어내며 천적을 눈앞에 둔 고슴도치처럼 온 존재를 공글려서 타인에 대한 적의를 드러내고 있었다. 한편 미디어는 꼬리를 잇는 죽음을 끊임없이 반복 보도하며 공포라는 포집망 속으로 전 인류를 몰아넣었다.

그리고 SNS 뒤에 숨은 익명의 개인들은 만연한 공포를 상품으로 가공하며 역병의 창궐 뒤엔 거대한 권력의 음모가 숨겨져 있고 자국민들을 손쉽게 통제하기 위한 기술을 여러 국가들이 공유하기 시작했다는 음모론까지 퍼뜨렸다.

세상이라는 눈먼 거인이 높이조차 가늠할 수 없는 벼랑을 향해 걷고 있었고 그의 추락과 더불어 인류의 절멸이 도래할 것만 같았다.

숨 막히는 우울이 덮쳐왔다. 요양 시설에서 유리벽 너머로 서로를 바라볼 수밖에 없는 부모 자식들의 안타까운 모습과 한여름에도 머리끝부터 발끝까지 방호복으로 꽁꽁 싸맨 채 서서히 탈진해 가던 의료진의 모습을 보며 그들의 처지에 동조되는 정서적 감염이 더해지자 시도 때도 없이 눈물이 쏟아졌다. 고통을 겪고 있는 당사자든 치료를 맡은 사람이든 안쓰럽게 보이긴 마찬가지였다.

거대한 쓰나미처럼 몰려온 두려움과 우울이 기존 삶의 뼈대를 부숴 버리자 남은 조각들로나마 새롭게 삶을 꾸리고픈 욕망이 꿈틀거렸다. 우선 위로를 찾았다. 아니 위로를 가져다 줄 지혜를 찾았다. 기도와 명상이 고립의 시대에 적합한 방편인 것 같아 응급처방으로 적용했다

재미나게도 배달 시스템은 역병의 시대를 한 발짝 앞서 예견한 듯했다. 동서양 영적 마스터들의 가르침이 문 앞으로 배달되어 왔다. 휴대폰 앱으로는 필요한 사유의 내용을 함축한 오디오북들을 섭렵했다. 한시적으로 반문명론자적 입장

을 철회했다. 디지털 기술의 눈부신 발전과 사람들에게 영적 복음을 전하고자 하는 약간의 선의를 가진 이들 덕분에 불필요한 머리말 읽기 따위를 생략하고 바로 지혜의 보고에 입성할 수 있었다.

영적 순례는 두려움과 우울의 근원을 밝히는 데서 시작됐다가 자연스레 '내'가 누군지를 묻는 질문으로 옮겨갔다. 답을 얻었다면 진즉 '영성 마스터'로 소문이 났겠지만 그런 일은 아직 일어나지 않았다. 대신 두려움의 시대를 건너는 지혜의 흔한 말씀 한 줄은 건졌다.

유대인들의 성경 주석서인 '미드라시(Midrash)'에 나오는 애기라 했다. 전쟁에서 승리한 다윗왕이 승리의 기쁨을 기념하기 위해 보석 세공인에게 기쁨과 절망의 어떤 순간에도 떠올려 절제와 힘이 될 만한 글귀를 찾아 반지에 새기라 명했다. 답 없던 그는 솔로몬에게 도움을 청했고 솔로몬이 쿨하게 던진 한마디가 바로 "이 또한 지나가리라!"였다고 한다.

동양의 그랜드 마스터이신 석가모니께서도 세상 모든 만물과 현상은 늘 변한다는 '제행무상(諸行無常)'을 설하신 걸 보면 진리로 믿어도 무방한 말씀인 듯하다.

역병시대의 결산표. 돌이켜 보면 생의 모든 두려운 순간들은 다 지나가 기억의 한 귀퉁이에 먼지를 뒤집어쓰고 있다. 백신을 개발해낸 덕에 역병의 기세도 꺾였고 우울의 안개도 걷혔다. 모든 게 한바탕 소동이었다. 인생살이 전부가 그러하단 생각이 들면 심지어 죽음마저도 그 소동의 일부로 친근하게 느껴진다. 불가항력이다 싶던 일들도 다 지나간다. 그리고 두려움은 생각에 붙들려 있을 때만 위세를 떨친다. 삶이 태풍의 눈 안에 놓여 있고, 해결의 기미가 아득한 상황에 처한다면 떠올리게 되리라. 그저 "아득하면 되리라!" 그리고 "이 또한 지나가리라!"

그 섬에 그가 있었네

:

문득 궁금해졌다. 제주의 비자나무숲으로 걸어 들어갔을 때 혹은 사려니숲길로 접어들었을 때 좌표를 잃고 자신조차 잊게 만들었던 고요를 다른 사람들도 경험했을까? 촬영 때문에 찾았던 제주에서 본의 아니게 한 달 살이를 하게 되면서 '제주 앓이'가 시작됐다. 이후로도 한동안 자주 제주의 이곳저곳에서 넋 나간 상태로 발견되기도 했지만 빠듯해진 살림 때문에 결국 발길이 뜸해질 수밖에 없었다.

어쩌다 들를라치면 살갗 곳곳이 파헤쳐지고 찢겨 나가고 있어 바라보고 있기가 너무 힘들었다. 그냥 놔둬도 아름다운 시골 소녀에게 도회적 미모를 갖게 해 주겠다면서 억지로 성형 수술을 강요하는 꼴이었다. 섬은 개발과 발전을 앞세워 도시 풍경을 강제로 이식하려는 탐욕이 뒤덮고 있었다. 온갖 편리와 호사를 누리는데 자연을 들러리로 끌어들이는 인간 종족에 속해 있단 사실이 부끄러워졌다.

2005년 무렵이었다. 지방대학 방송연예과 학과장을 맡고 있던 옛 제자로부터 연락이 왔다. 강의 부탁과 함께 자신이 준비하는 영화에 주연을 맡아 달라고 했다. 고생길이 훤한 독립영화겠거니 싶었지만 얄팍한 주연 욕심에 덥석 미끼를 물었다. 얼마 전 신문에서 제주에서 활동했던 한 사진작가의 부고가 기사 형태로 났는데 내용이 퍽이나 인상적이어서 이상한 끌림에 제주로 향했고 고인이 된 작가의 작품 세계에 빠져 영화를 만들기로 결심했다고 말했다.

고인의 사진 세계도 궁금했지만 잊혀져 가던 '제주'라는 연인의 품속에 다시 안길 생각에 설레기 시작했다. 두 번 생각할 겨를도 없이 비행기를 잡아탔다. 작가의 흔적은 서귀포에 있는 한 갤러리에서 찾아낼 수 있었다.

고인의 이름은 김영갑이었다. 섬 밖에서 흘러들어 온 외지인이었고 전문적으로 사진 교육을 받지도 않았다고 했다. 갤러리 관장님은 자신이 유일한 제자라며 직원들을 대신해 스승의 사진 세계로의 안내를 기꺼이 맡아 주었다.

갤러리 안을 향연처럼 낮게 깔려 흐르는 음악을 들으면서 자꾸 살갗에 돋는 소름을 주체할 수가 없었다. 그러다 기어코 눈물이 나왔다. 현란한 아름다움과는 거리가 멀었다. 프레임 안에 갇혀서도 제주의 속살들은 맹징하게 빛났다. 제주 곳곳에 산재한 오름들과 사진 속 자연들은 차라리 영험했다. 자연을 작위적으로 아름답게 묘사하려 들지 않은 작가의 의도가 읽혔다. 작가는 자연을 숭배했고 그 앞에 굴종한 듯했다. 그런 그의 섬김을 받으며 자연은 자애롭게 그의 카메라 뷰파인더 속으로 걸어 들어온 듯했다.

그렇게 감동을 머금고 돌아온 뒤로도 이런저런 명분으로 제주행 기회가 있었다. 작가 김영갑의 두모악 갤러리는 그때마다 반드시 찾아가는 나름의 성지가 됐다. 한번 사로잡힌 영혼은 그곳의 영험함을 제주를 찾고자 하는 주변인들에게 열과 성을 다해 전파하고 있었다.

그러던 어느 날 황망한 소식이 들려왔다. 영화를 준비하던 제자의 갑작스러운 사망 소식이었다. 작가 김영갑의 세계를 영화 화면에 담고자 했던 그의 꿈은 두모악 갤러리 앞마당 바람의 정원을 떠돌게 되었다.

언젠가 두모악 갤러리 바람의 정원에 깃들어 있는 제자의 꿈을 깨워
함께 카메라를 짊어지고 신성한 오름들의 품에 안겨볼 작정이다.
물론 김영갑 선생의 꿈도 함께.

나는 잘 살고 있는 걸까?

언젠가 제주 돈내코에 있는 남국선원을 찾았을 때 화산석 계단 틈을 비집고 피어난 꽃을 본 적이 있다. 꽃 한 송이의 크기가 새끼손톱만 했다. 노란 꽃송이 아래 무명실 같은 꽃대가 바람에 하늘거리고 있었다. 너무도 앙증맞은 모습을 마주한 기쁨에 웃음이 절로 새어 나왔다. 하지만 그 사랑스러움을 더 가까이하기 위해선 무릎을 꿇어야 했던 기억이 난다.

작가 김영갑의 사진엔 그가 제주의 고귀한 신격들과 마주한 시간들도 함께 기록돼 있다. 잠을 포기하고 다리품의 고단함도 잊어야만 만날 수 있는 신령한 자연의 모습들. 그 신앙의 기록들을 보면서 제주의 속살들을 제대로 들여다봤던 그의 행운에 가끔 부러움과 질투도 느낀다.

하지만 인간이 지닌 신성과 자연 안의 신격이 어떻게 만날 수 있는지를 그가 몸소 보여주었기에 또한 그와의 만남은 분명한 축복이자 행운이다. 언젠가 두모악 갤러리 바람의 정원에 깃들어 있는 제자의 꿈을 깨워 함께 카메라를 짊어지고 신성한 오름들의 품에 안겨볼 작정이다. 물론 김영갑 선생의 꿈도 함께. 甼 김영갑. 영감의 원천이신 또 다른 스승.

잘 먹고 잘 살기

:

지금은 어떤지 모르겠지만 예전에 학교 선생님들에게서 흔하게 듣던 말씀이 "공부 열심히 해라. 그래야 행복하게 살 수 있다."였다. 어린이집에서 사회화를 위해 나란히 줄을 세우던 최초의 교육으로부터 시작해 초등과 중등과정을 거쳐 지옥 같은 입시에 이어 대학으로 이어지는 그 지난한 여정. 십수 년에 걸친 순례길의 마지막 종착지엔 행복의 무지개가 떠 있어야 했다. 그리고 인생은 행복을 목표로 설계돼야만 하는 것 같았다.

하지만 최근 이슈가 됐던 드라마들을 보면 지난 시절 귀에 딱지가 앉도록 듣던 '공부=행복' 이 노래를 요즘 아이들도 변함없이 듣고 있는 것 같다. 물론 가사의 진정성이 외면받고 있는 것도 여전한 모양이다. 세월을 한참 거슬러 올라가도 기성세대에 의해 만들어진 이 허황된 논리가 씨알도 안 먹혔던 건 마찬가지였다.

오죽했으면 〈행복은 성적순이 아니잖아요〉라는 청춘 영화가 청소년들 사이에서 공전의 히트를 기록하고 아직도 영화 제목이 교육 관련한 문제를 언급할 때마다 걸핏하면 인용될까.

이쯤에서 생뚱맞지만 당연한 의문이 하나 떠오른다. 왜 그 긴 교육 과정 동안 우리네 선생님들은 단 한 번도 행복이 무엇인지, 행복해지는 법이 무엇인지를 가르치지 않았을까? 단순히 그 해답을 생각해 보면 그분들도 그런 교육을 받은 적이 없기 때문일 것이다.

'인간이면 누구나 행복을 추구할 권리가 있다.'라는 명제를 우린 거의 신앙처럼 떠받들고 있다. 그런데 이런 관념은 언제부터 누구에 의해 만들어진 것일까? 그리고 행복 추구는 누구나 가능한 일이며 꼭 그래야만 하는 일일까?

따지고 보면 '행복'이란 관념적인 단어다. 더 정확하게는 어떤 경험을 통해 인간이 느끼는 쾌락의 감각이 원래 정체다.

예를 들면 맛있는 음식을 먹고 느꼈던 기쁨을 뇌에 기억으로 저장해둘 때 '행복'이란 개념 정도로 분류해둔 것이다.

좀 더 신랄해져 보자. A++등급의 소고기 안심을 구워 먹는다 치자. 입에서 녹아내리는 그 맛을 누구나 상상할 것이다. 그렇다면 내리 세 끼를 같은 고기로 식사를 대신한다면 여전히 머릿속에선 행복 회로가 깜빡일까? 그런데도 머릿속에서 깜빡이는 쾌감 신호를 평생의 목표로 삼고 온갖 고통을 감수하며 살아가라고?

잠깐의 숙고로도 우리 사회가 떠받들어 온 신화의 허상이 발가벗겨지는데 왜 우리의 교육은 그저 침묵하고 있는 걸까? 왜 아이들에게 행복은 단순히 머릿속을 잠깐 다녀가는 쾌락의 다른 이름이며 그것을 인생 목표로 삼는 것은 어리석단 사실을 일깨우지 않는 걸까?

나이 좀 먹었다는 어른들에게서 "행복이 뭐 별거냐, 잘 먹고 잘 살면 그만이지"라는 말을 자주 듣는다. 한편으론 인생의 신산을 겪어낸 노장의 지혜에서 나온 표현 같지만 그 잘 먹고 잘 사는 일 또한 얼마나 많은 전제 조건이 필요한 일인가. 잘 먹는 일엔 치아 튼튼 장 튼튼이 필수고 먹거리의 건강함과 그것들이 자라는 토양이 오염되지 않아야 할 뿐더러

대기가 맑고 물 또한 더럽혀지지 않아야 이른바 '잘 먹고'가 가능해진다.

잘 먹는 일과 연결된 전제 조건으로 온 지구의 건강이 담보돼야 한다면 '잘 사는 일'엔 또 얼마나 많은 복잡다단한 조건들의 연결 고리가 숨어 있는 걸까? 살아가며 경험하는 기쁨이 행복이라면 무한대로 지속 가능한 기쁨의 경험 따윈 적어도 우리가 사는 세상에선 불가능한 일임을, 그 보단 행복을 찾아내는 지혜가 절실함을 먼저 가르쳐야 하지 않을까?

낙엽이 아스팔트 바닥에 끌리며 깔깔한 울음만 남긴 채 바람에 바스러지고 있다. 어느새 가슴에 들어앉은 겨울 정경을 찬찬히 더듬다 이전 세월과는 달라진 낯선 변화를 감지한다. 언제부턴가 꺄르륵 꺄르륵 귓전에서 상큼하게 터져 나가던 아이들의 웃음소리가 듣기 힘들어졌다. 복숭아처럼 상기된 얼굴로 골목 사이를 질주하던 작고 아름다운 몸뚱어리들을 거리에서 보는 일이 점점 귀해질 것 같다. 출산 감소의 가장 큰 이유가 아이들을 행복하게 키울 자신이 없기 때문이란다. 행복이 무엇인지를 잘못 가르친 우리 모두의 공업이다.

내 몸은 나일까?

:

"당신의 몸은 당신입니까?" 이 질문에 대한 사람들의 대답은 거개가 "그렇다"일 것이다. 하지만 여기서 잠시 말장난 모드로 들어가 보자. 문장은 '당신의 몸'이란 전제로 시작된다. '당신의'란 소유격 뒤에 '몸'이 따라붙었으니 '당신의 몸'은 당신에게 '소유된 몸'이란 뜻으로 몸을 소유한 '당신'이 따로 존재한다는 의미가 된다. 여기서 '당신의 몸'과 관련한 놀랄 만한 비밀 한 가지를 더해 보자.

얼마 전 건강 정보를 검색하다가 한 블로그에 올라온 글을 보고 잠시 검색을 멈춘 적이 있었다. 얼마만큼 정확한 정보인지는 잘 모르겠지만 우리의 위장 세포는 2시간 반~수

일, 백혈구 4일~2주, 적혈구 4개월, 장기 4~7개월, 뼈조직 7~10년, 근육세포 최소 15년, 신경세포 전체 재생 7년, 뇌세포 60년, 간세포 12~18개월이라고 되어 있었다.

이 설명이 무얼 말하는지 짐작이 가는가? 어느 정도 오차는 있을 수 있겠지만, 결론부터 말하자면 '당신의 몸'을 이루는 전체 세포 50~60조 개 가운데 약 30조 개가 평균 80일을 주기로 교체되는 것을 부위별로 나눠 적어 놓은 것이었다.

이것은 12~18개월이면 우리는 새로운 간을 갖게 된다는 얘기며, 매일 1초에 380만 개의 세포가 당신 몸에서 사멸과 생성을 통해 교체가 이뤄지고 있다는 얘기다. 또 이 세포들은 대식작용에 의해 분해되거나 스스로 자살까지 해 가며 사멸과 생성을 통해 '당신 몸'의 항상성 시스템을 유지한다.

쉽게 말해 단 한 순간도 '당신의 몸'은 '당신'이라고 불릴 만한 일관성을 유지하지 못했었다는 얘기다. '당신의 몸'에서 이런 소란스런 작용들이 일어나는 동안 이 몸의 소유주이자 몸 그 자체인 당신은 그 과정에 고유한 의지로 개입하거나 멈추거나 한 적이 있었는가? 아니 최소한 그런 과정을 인지는 하고 있었는가?

여기서 잠깐! 그런 복잡하고 정밀한 체세포의 교체 과정

'당신의 몸'이 당신이 아니라면
진짜 '당신'은 어디에 있는가?

이 있으려면 반드시 필요한 전제 과정이 있다. 바로 체세포 구성에 필요한 양분의 섭취다. 쌀과 배추, 양파와 닭, 소, 돼지, 물, 공기, 흙과 바닷물 속의 미네랄 등등 '당신의 몸'을 이루는 데 필요한 것들을 일부 나열해 본 것이다.

이처럼 '당신 몸'을 이루는 세포들은 앞서의 다른 생명들과 자연이 분자 상태로 트랜스포밍하지 않으면 형성이 불가능한 것들이다. 그렇다면 '당신의 몸'은 당신만의 고유한 것이 아니란 얘기고 다른 존재들의 백업 없이는 존재 자체가 불가능한 어떤 것이 되고 만다. 다시 말해 '당신의 몸'이 '당신'이란 얘기는 애초에 '다른 존재들의 집합체'가 곧 '당신의 몸'이란 말로 다시 쓰여야 한다.

몸뚱어리의 개체성과 일관성이 모호해진 마당에 애초의 명제로 돌아가 보자. '당신의 몸'이 당신 자체란 전제에서 '몸'이 오롯이 개별적으로 존재하지 못하고 다른 존재에 의지할 수밖에 없다면, 그 몸에서 그 정묘한 공정이 일어나게 하고 또 그 몸을 끌고 다니는 진짜 컨트롤 타워는 어디에 있을까?

몸은 당신의 욕망을 구현하는 도구다. 먹고 마시고 자고 생식하는 모든 욕망의 실현이 몸을 통해 이뤄진다. 누군가는 그 모든 욕망이 뇌에서 생겨나는 신경생리학적 작용일 뿐이라고 한다. 하지만 몸을 지탱하기 위한 욕망의 목적성은 설명할 수 있더라도 '죽음'이라는 커다란 세포 전환의 최종 국면을 맞닥뜨려야만 하는 인간 운명이 왜 이 우주에 펼쳐질 수밖에 없는지는 누구도 설명을 하지 못한다.

세포들이 노화를 겪으며 이런저런 불평불만을 늘어놓기 시작했다. 몸뚱어리 이곳저곳에서 잔고장과 오작동을 일으키고 덜컥거리기 시작한 지 오래다. 60년을 넘게 끌고 다니며 학대한 업보다.

돌이켜보면 아름다운 순간들도 이 몸으로 경험했고 고통과 좌절의 순간들도 이 몸을 지나갔다. 시든 꽃처럼 몸에서 생기가 빠져나가는 것을 지켜보며 묻게 된다. 이 모든 현상이 몸을 통해 경험되고 스쳐 지나가는데 애초에 이 몸을 나타나게 하고 이것을 지켜봐 온 자는 누구인가?

'당신의 몸'이 당신이 아니라면 진짜 '당신'은 어디에 있는가?

사람이 사람을 살게 한다

:

얼마 전 정형외과를 찾았다가 엑스레이에 찍힌 척추 사진을 보게 됐다. 꽤나 오랫동안 만성통증과 약간씩의 기능 장애를 느끼고 있던 부위들이었다. 치료법에 대한 의사의 소견을 들었지만 당장 입원이나 수술이 불가능한 입장이다 보니 한숨만 나왔다. 싱숭한 채로 병원을 나와 집으로 돌아가는 길이었는데 갑자기 머릿속으로 비집고 들어서는 노래 한 소절. SG 워너비의 〈살다가〉란 노래였다.

"살다가 살다가 살다가 너 힘들 때…"

곧이어 아는 사람은 다 아는 그 증상. 즉 '가사가 내 얘기'로 들리기 시작했다. 갑자기 온몸으로 삶의 무게가 옮겨오면서 특히 고장난 척추 마디에서 실금 가는 소리가 들리는 것 같았다. 더불어 지난 생의 스토리가 번개 같은 속도로 재생됐다.

희미한 유년의 기억과 학창 시절. 떠올리기 싫은 가난과 늘 위태로웠던 집안 분위기 등이 떠올랐다. 처음 연극을 시작했을 무렵과 대학 동기들과 어울려 함께하던 술자리, 처음 연기를 배웠던 제자들의 기억. 떠오른 기억들은 좋거나 고통스러웠다. 꿈같이 아스라한가 하면 또 너무나 선명해서 당시의 현장 소음과 그 시간대의 광선까지도 떠올릴 수 있을 것 같았다.

때론 스냅 사진처럼 때론 동영상들로 편집된 기억들이 의식을 따라 흐른다. 그러다 문득 막내아들과의 사이에 있었던 며칠 전 일에서 멈췄다. 다소 외떨어진 지방대학으로 진학한 막내를 부산 집으로 내려보내기 위해 인근 기차역으로 바래다주거나 일산으로 데려오기 위해 거의 매주 2시간 넘는 길을 오가다 보니 자연히 막내아들과 함께 하는 일들이 많아졌다.

우선은 부자간에 수다가 길어지면서 그동안 몰랐던 서로의 취향을 조금씩 알게 됐다. 아들은 러시아 대중음악에 관심이 많았고 즐겨 들었다. 재미난 것은 국내 가요에 대한 취향이 둘의 나이 차이에도 불구하고 비슷하단 것이었다. 아들은 예상과 달리 아이돌 음악보단 레트로에 끌려 했다. 차 안에서 부자의 이중창과 생목잡이 끝에 함께 폭소를 터뜨리는 일도 잦아졌다. 오가는 길에 메뉴를 정하고 맛집을 찾아내는 일도 새로운 즐거움 중에 하나가 됐다. 그 사이 아이가 고3을 지나며 느꼈던 고충들도 자연스레 듣게 됐다.

돌이켜보니 위의 두 아이는 초등학교 초년생 때까진 미우나 고우나 애비와 한집에서 살았었다. 그러다 큰놈은 호주로 유학을 떠났다. 하지만 막내는 어려서부터 아비를 실물보다 TV로 더 자주 보며 자랐던 탓에 아비의 사랑이 다소 아쉬웠을 수도 있었겠다는 생각이 들었다. 아이의 입가에서 웃음기를 더 많이 발견할수록 함께해 주지 못했던 시간들에 대한 미안함도 커져갔다. 그리고 아이와 함께 하면서 그동안 못 느꼈던 안정감과 위안 같은 걸 느끼고 있는 자신을 발견하며 적잖이 놀랐다.

존재만으로도 의지와 위안이 되는 인연이라니. 노래 가사로 시작된 인생에 대한 복기가 이어졌다. 첫사랑과의 실연 때 술을 사주던 동기 녀석. 그는 40년이 지난 지금 세무 상담

얽히고설킨 인연의 실타래 속에서 사람으로 인해 무너지기도 하고
사람의 손을 잡고 일어나며 사람에게서 위로 받고 또 치유 받는다.

을 해 주고 있다. 조울증 진단을 받았을 때 약값 걱정을 덜어 주던 정신과 의사 선배. 요즘은 서로의 우울증을 걱정해 주는 사이다. 가난한 극단 생활 중일 때 냉면 사발에 그득 칼국수 면발을 올려 고픈 배를 채워주던 문현시장 혜민이 엄마. 돈을 쫓아가는 연기자가 되지 말라며 출연하는 연극 티켓을 수년간 사주던 폐기물업체 사장님. 결핵으로 피를 토하며 힘들어할 때 치료를 도와주셨던 병원장님. 또 얼마나 많은 고마운 존재들이 이 배은망덕한 인간의 기억에서 사라진 걸까? 얽히고설킨 인연의 실타래 속에서 이 작자로 인해 상처 입은 사람들은 또 얼마나 많았던 걸까?

인간은 사람들 속에서 무너지는가 하면 사람의 손을 잡고 일어나며 사람에게서 위로받고 또 치유받는다고 한다. 돌이켜보니 건너왔던 세상 전부가 사람의 인연으로 엮어진 한 폭 천이었다.

삶은 부모 형제가, 친구 동료가, 선배 스승이, 자식과 아내가 혹은 낯설거나 친숙하거나 했던 모든 이들이 수놓아 준 그 아름다운 인연의 천 위에서 웃고 울고 희로애락의 긴 서사를 펼치다 가는 일이다. 끝이 어디인지 정확히 알 수 없는 긴 서사 속에서 내 삶에 스며든 소중한 인연들과 엮여 견디고 살아 내는 일이다. 그 여정을 함께해 준, 혹은 해 주고 있는 모든 이들이 날 일깨우는 스승들임을 이제야 깨닫는다.

2

부처님

감사
합니다

참된 스승은 무엇을 가르치는지 말하지 않고
다만 스스로 깨닫게 드러내 보여줄 뿐이다.

어머니라는 거대한 세상

:

산그늘 깊고 깊은 경북 의성의 외딴 산속에 오로지 부처에 의지해 살아가는 한 여인이 있었다. 오래전 5남매를 낳고 자식들이 어느 정도 성장하자 그녀는 세속에 대한 미련을 접고 경주 불국사로 출가를 했었다. 공부가 익어가자 진리에 대한 갈증도 깊어졌다. 그녀는 절을 나와 전쟁통에 흩어진 자녀들 가운데 유일하게 곁에 남은 장녀를 데리고 의성의 산골 마을로 찾아든 것이다.

오로지 기도와 수행밖에 모르는 어머니 슬하에서 딸은 생계를 잇기 위해 마을 한약방에서 약재를 썰고 관리하는 일을 맡았다. 새벽 3시면 어김없이 일어나 기도를 위해 산을 오르는 어머니. 한참 잠이 많은 십대의 딸은 밥 짓고 물 긷고 빨래하며 한약방 허드렛일까지 해야 하는 삶에 지쳐 갔다. 한 살 한 살 나이가 들어가면서 딸은 갑갑한 산골 생활을 벗어나길 간절히 소망하게 됐다. 전쟁으로 인해 실종되기 전 부산에서 터를 잡았던 큰오빠 덕에 이미 도시 생활을 경험한 그녀였기에 산골에서의 탈출은 그만큼 절박했다. 어머니의 이런저런 경고가 있었지만 막무가내로 그녀는 기어이 집을 뛰쳐나왔다.

사실 그녀의 어머니는 산아래 마을에서 신통력을 지닌 도인으로 소문나 있었다. 전쟁 중 실종된 이가 집을 찾아올 거라며 일시를 맞추기도 했다. 또한 산기도를 갈 때면 호랑이가 앞장서며 눈빛으로 길을 밝혔는데, 산 아래선 불이 난 것으로 보여 일본 경찰이 체포하러 왔다가 혼비백산 돌아간 일도 있다고 했다. 이 소동은 통역을 맡았던 마을 사람에 의해 널리 알려졌다. 자신의 어머니가 어떤 신통을 지녔는지 누구보다 잘 알고 있는 그녀였지만 산골 탈출의 간절한 열망 때문에 어머니의 경고는 귓등으로 흘렸다.

도시로 내려온 딸은 짙은 머리숱에 단단한 턱과 몸집을 가진 도시 청년을 만나 단숨에 사랑에 빠진다. 그리고 결혼

승낙을 받기 위해 어머니를 찾았다. 신통력으로 청년의 모든 것을 꿰뚫기라도 한 걸까? 딸을 따로 불러 앉힌 어머니는 청년과의 결혼을 완강히 반대했다. 결혼 생활이 순탄치 않을 것이며 고생 또한 이루 말할 수 없을 것이라 경고했다. 순탄치 못했던 자신의 결혼 생활. 불운한 인생이 유전될까 봐 그녀는 몹시 두려워했던 것이다.

하지만 소용없었다. 사랑에 눈먼 딸은 어머니의 간곡한 만류에도 기어코 청년에게로 시집을 갔다. 자신의 운명을 딸에게 미리 일러두었던 어머니는 정확히 자신이 예언한 날짜에 '좌탈(좌선한 채로 죽음)'을 했다. 전쟁통에 형제들마저 뿔뿔이 흩어진 가운데 그녀는 혈혈단신으로 남편 곁에 남겨졌다.

그리고 불행한 결혼 생활이 시작됐다. 남편의 역마살은 참으로 지독했다. 직장을 옮긴다는 핑계로 언제 떠난다는 일언반구도 없이 아내를 두고 사라지기 일쑤였다. 처음엔 요리사란 직업의 특성상 한곳에 머무르는 일이 힘든 탓이라 그러려니 했다. 그런 남편을 수소문한 끝에 찾아내기라도 하면, 살림이랄 것도 없는 짐을 꾸려 곁으로 득달같이 달려갔다. 하지만 힘들게 찾아가도 남편이 반기는 기색이 없자 그녀는 설움에 북받쳤다. 그런 와중에도 그녀는 힘들게 첫아이를 낳았다. 딸이었다. 남편의 무관심에도 불구하고 그녀는 혼자서라도 열심히 어린 딸을 돌보려 애썼다.

하지만 불행이 겹쳐 찾아왔다. 단칸방이나마 살뜰히 가꾸면서 남편의 사랑을 되찾길 바라던 그녀였다. 그런 바람을 하늘이 외면한 끔찍한 일이 벌어지고 만 것이다. 방을 청소하면서 갓난아기를 뉘어 둘 곳이 마땅치 않자, 옷 정리를 위해 열어둔 옷장 서랍이 마침 눈에 띄었다. 푹신한 옷 위에 아이를 맘 편히 뉘이기에 안성맞춤이다 싶었다. 정신없이 온 집안을 쓸고 닦기를 얼마나 했을까. 눈길이 닫힌 서랍에 가 닿았다. 번개가 머리를 후려쳤다. 이미 숨이 멎어 식어버린 자식의 몸뚱이를 부둥켜안고 그녀는 끝없이 오열했다.

아이를 잃은 뒤 몇 년이 흘러갔다. 그 사이 남편은 다른 여인과의 사이에서 난 혼외자의 존재를 알려 왔다. 억장이 무너졌다. 하지만 그녀는 모진 운명을 감수하기로 했다. 슬픔으로 얼룩진 삶을 살아가던 그녀에게 운명이 다시 노크했다.

두 번째 아이가 들어선 것이다. 애정 없는 남편과의 사이에서 태어난 아이. 그 장래는 얼마나 불행할까 싶었던 그녀는 낙태를 결심했다. 의학적 상식이라곤 처녀적 생계를 위해 일하던 한약방에서 주워들은 풍월 몇이 전부였다. 그것도 손님으로 드나들던 여인네들이 언급했던 민간요법들인데 지금 들으면 웃지도 못할 수준이었다. 절박했던 그녀는 효과 여부를 따지지 않고 뱃속의 애증덩어리를 지우기 위해 실행에 옮겼다.

장독대를 딛고 담장에 올라가 무조건 뛰어내렸다. 묵은 간장을 바가지 채로 들이키기도 했다. 버드나무 가지를 고아서 마셔도 봤다. 남편의 돌봄이 없었던 탓에 돈 들여 병원을 찾을 수 없었던 그녀는 주워들은 모든 방법을 시도했다. 남편을 향한 미움이 컸던 만큼 낙태를 위한 그녀의 몸부림은 절절했다.

하지만 모진 생명이 기어코 세상으로 나왔다. 애증을 온몸에 감고 태어난 아이를 보며 그녀는 또 오열했다. 이번엔 낙태를 시도했던 자신의 어리석음이 뼈저린 후회로 다가왔기 때문이었다. 태어난 아이에게 너무도 미안했다. 남편에 대한 미움 탓이었는지 젖까지 말라붙어 먹일 수가 없었다. 뱃속의 아이에게 저질렀던 악행을 두고두고 참회하며 이웃을 돌며 동냥젖을 얻어 먹였다. 분유는 꿈도 못 꾸던 처지라 보리차에 설탕을 탄 후 솜에 묻혀 어린 자식의 입에 물렸다.

암 투병 때문에 삭발을 한 그녀가 그 대목에서 목이 메인 듯 얘기를 멈췄다. 어느새 눈엔 물기가 맺혔다.

"묵고 살끼라꼬 울매나 그 솜을 열심히 빨던지. 쪼매난 손으로 내 손가락까지 잡아서 입으로 가져다 넣트라니까. 깜짝 놀랬다이가.

그녀가 옅게 소리 내어 웃는다. 따라서 웃어 본다. 그 어린 생명의 시간이 느껴져서다. 병원 진단으론 길어야 3개월이 남은 시간의 전부라고 했다. 하지만 그녀는 6개월 가까이 장하게 암과 싸우고 있다.

"그래 설탕물만 쭉쭉 빨아 묵고도 으쩜 이래 빼가 굵게 자랐으꼬?"

야윈 그녀의 손이 이미 중년에 접어든 자식의 팔뚝과 어깨를 쓰다듬는다. 회고를 마친 그녀 뒤로 그녀의 지난했던 삶이 한 편의 영화처럼 흘러간다. 어려서부터 들었던 일제강점기 이야기, 6.25전란…. 개인사와 역사가 씨줄과 날줄이 되는 한 여인의 삶의 이야기. 그녀 손끝의 희미한 체온을 타고 삶을 어찌 살아야 할지에 대한 당부가 느껴진다. 그렇게 일흔의 나이를 채운 5월의 끝날 그녀는 숨을 거뒀다.

솔직히 고백한다. 지금의 자식들에 대한 사랑은 그녀에게서 흘러내려온 것이다. 귀 기울여 들어 보라고 권하고 싶다. 세상 모든 어머니들의 시간을.

숨 고르기

:

고요한 무대 위 한쪽 발로 중심을 잡은 채 다른 쪽 다리는 허공을 향해 들어올리고 선 사람, 과녁을 향해 팽팽하게 시위를 당기고 있는 사람, 하얀 화선지 위에 먹을 잔뜩 묻힌 붓을 내리꽂기 직전의 사람, 빙판 위에서 트리플 악셀을 시도하기 직전의 사람, 무거운 냉장고를 등으로 옮겨 짊어진 사람. 이러한 상황 속의 사람들이 공통적으로 하고 있는 행동은 무엇일까?

아마 대부분의 사람들은 글을 읽으며 머릿속에서 앞의 상황들을 시뮬레이션으로 재현하고 있었을 것이다. 발 빠른 상상력이 잠자코 있진 않았을 테니 말이다.

그래, 답을 찾아냈는가? 너무도 간단한 질문이어서 맥이 빠질지도 모르겠다. 그렇다. 모두 호흡을 멈추고 있다. 힘을 축적할 필요가 있거나 고도의 집중력이 필요할 때, 혹은 양쪽 다가 필요할 때 인간은 호흡을 멈춘다. 좀 더 엄밀히 말해서 인간의 행동은 호흡에 의해 강약을 비롯한 모든 조절이 이뤄진다.

대부분의 경우 인간은 무의식적으로 호흡한다. 잠이 들어서 의식이 혼미해진 상황에서도 자동으로 호흡은 이뤄지고 있다. 어떤 기제가 작동하는지 몰라도 아무리 깊은 잠을 자더라도 호흡과 맥박만큼은 멈출 줄 모른다. 당연한 얘기 아니냐며 면박을 주고 싶은 충동을 느낄지도 모르겠다. 둘 다 멈추면 죽은 목숨인데 그걸 말이라고 하냐고.

그런데 말이다. 수의근처럼 우리의 생각과 의지에 따라 움직이는 근육들은 육체를 지배하는 나의 명령을 따른다지만, 호흡은 누구의 관리 감독을 받기에 의식의 지배와 상관없는 듯 굴다가 육체의 유통기한에 딱 맞춰 그 작동을 멈추는 걸까?

"세포의 대사 활동에 필요한 산소를 공급하기 위해서 이뤄지는 작용이다 보니 잠시도 멈춰선 안 되기에 자동 모드로 우리 몸에 장착된 거다."라고 식상한 답을 하겠지만 궁금한 건 누가 그 장치와 작동을 고안했는가이다.

예상되는 논쟁을 피해 도망가 볼 셈이다. 긴장되는 시험을 앞두고 우리는 깊은 숨을 들이쉰다. 노래의 절정을 앞두고도 마찬가지다. 타석에 선 타자가 투수의 공을 노릴 땐 숨을 멈춘다. 링 위의 복서들은 상대가 숨을 들이쉴 때를 노려 복부를 가격한다. 악취가 나는 곳을 지날 때 사람들은 숨을 멈춘다. 자연 속에서 인간은 보다 깊게 숨을 쉰다. 화가의 붓질엔 그가 어떤 터치를 하며 숨을 쉬었는가를 알려주는 단서가 숨어 있다. 너무 바쁘면 숨을 돌리고 싶어지고, 숨이 막힐 것 같은 환경에 놓이면 인간은 탈출을 꿈꾸거나 절망하여 죽음에 다다른다. 모든 악보엔 숨을 바꿔 쉴 수 있는 포인트가 표기돼 있다. 인간은 조화로운 협업을 할 때 호흡을 맞춘다고 한다.

부처는 숨쉬기를 통해 '깨달음'이란 대자유를 얻었다고 했다. 어느 해 연극 연습을 하며 보다 깊은 집중을 위해 코끝을 쳐다보다 아랫배의 들고 남으로 의식을 옮겨갔다. 그리고 일거수일투족마다 어떻게 호흡이 실리는지를 알아채려 애쓰고 있었다. 얼마나 시간이 흘렀을까 명징한 각성의 순간이 다가왔다. 공연 날이 다가왔고 무대에 등장하기 전에 다시 한번 호흡과 육신이 연결되는 과정을 의도적으로 지켜보았다. 잠시 후 또 다른 시간과 공간 속에 있는 자신을 발견할 수 있었다. 우리 삶의 어느 순간에도 호흡은, 숨은 우리의 모든 의식과 행위들을 실어 나르고 있다. 그것은 미래에 닥치게 될 어떤 중요한 순간으로의 진입을 도와줄 것이다.

이 글을 읽는 동안 당신이 어떤 식으로 숨을 쉬고 있었는지 깨닫게 된다면 이제부터 세상의 다른 단면들이 보이기 시작할 것이다. 무의식적으로 숨 쉴 때는 그 소중함을 잊는다. 하지만 숨을 알아채기 시작하면 그것이 곧 보물과도 바꿀 수 없는 것임을 깨닫게 될 것이다.

노승의 깨달음

:

이름 높은 스님 한 분이 자신의 거처 주변에 철망을 두르고 25년간 무문관 수행을 했다고 해서 화제가 된 적이 있었다. 원래 무문관은 중국 남송 시대의 선승 무문혜개가 지은 불서를 얘기하지만 근자엔 짧게는 수개월에서 길게는 10여 년을 하루 한 끼만을 받아먹으며 참선에만 몰입하는 스님네들의 독방살이(?)를 의미한다.

우연한 기회에 제주도에 있는 남국선원 무문관을 구경한 적이 있었는데 두세 평 남짓한 공간을 한쪽은 뒷마당으로 사용하고 나머지는 자고 먹고 참선하는 일 외엔 일체의 활동이 불가한 그야말로 감옥의 '독방'을 연상케 하는 공간이었다. 그나마 마당이라도 만들어 운동 부족으로 인해 몸이 무너지는 걸 막도록 한 것이 배려라고 느껴질 정도이니, 일반인들이 그 안에서 생활한다는 게 가능할까 싶었다.

눈뜨면서부터 휴대폰을 손에 들고 살아야 하는 사람들이, SNS를 통해서라도 어떻게든 타인과의 관계망 속에 살아야 하는 현대인들에겐 상상만으로도 진절머리가 쳐지는 일일 것이다. 그런데 그런 고립을 25년씩이나 지속하며 견딘 분이 있다고 하니, 당연히 매스컴과 세인들의 관심이 쏟아졌고 무문관 해제와 더불어 따르는 신도들도 급증했다고 했다.

솔직히 범죄를 저지르거나 해서 25년간 수인으로 사회와 단절돼서 지내는 거야 어쩔 수 없지 않겠는가? 하지만 본인의 의지로 그것도 25년을 침묵과 절대 고독을 이겨낸 사람이라면 그 평가는 달라져야 하지 않을까 싶었다. 한동안 노스님의 근황을 궁금해하며 주석하고 계신 사찰을 찾아가볼까 망설이기도 했다. 하지만 세속의 관심 따위에 연연해하지 않는 선승답게 그는 침묵의 그늘막 뒤로 잊혀져 가는 듯했다.

그러던 어느 날이었다. 뜻하지 않은 경로를 통해 노스님의 소식을 접하게 됐다. 그리고 전해들은 스님의 이야기는

"인생 살면서 노래 한자리 못하면 그기 지대로 된 인생이가?"
25년간의 무문관 수행을 끝내고 노승께서 얻은 깨달음의 내용이다.

부처님 감사합니다

짜릿한 전율을 선사하는 내용이었다.

길고 긴 고립 탓이었을까? 충분치 못했던 영양 공급과 종일 좌선밖에 달리할 일이 없었던 생활 환경 때문이었는지 노승께서 급환을 얻으셨다고 했다. 뇌출혈이었다. 다급하게 병원으로 옮겨졌고 수술 끝에 천만다행으로 의식을 회복하셨다고 했다.

세속과의 인연을 끊고 25년간 오직 수행에만 전념해 왔으니 사람에 따라선 어벤저스급의 남다른 도력 또한 기대했을 법도 했다. 하지만 그런 도인께서 평범한 노환에 속수무책으로 쓰러지셨으니 노승에 대해 막연한 판타지를 지녔던 일부 신도들 사이에서 실망의 수군거림이 새어 나왔다. 하지만 신심 깊은 몇몇 신도들은 돌아가며 노스님의 병상 곁을 지켰다. 병세에 차도가 생기면서 떠듬떠듬 신도들과 의사소통이 가능해지기 시작하던 어느 날 노스님께서 뜻밖의 주문을 하셨다.

"야들아, 느그 돌아가며 노래 한자리씩 해 봐라."

혹여 수술이 잘못된 탓인가? 보살들이 화들짝 놀랐다.

"아이고, 그기 무슨 말씀이십니까? 큰스님께서 이리 몸져누워 계신데 제자 된 도리로 우째 옆에서 노래를 부르겠십

니꺼?"

민망함을 감추지 못하고 쭈뼛대고 있는 보살들을 노승께서 가만히 바라보고 계시다가 한마디 하셨다.

"인생 살면서 노래 한자리 못 하면 그기 지대로 된 인생이가?"

25년간의 무문관 수행을 끝내고 노승께서 얻은 깨달음의 내용이다.

어허, 아직 멀었다카이!

:

스무 살부터 연극에 빠졌다. 빠지고 보니 깊은 수렁이었다. 무대 위 찬란한 조명, 난생 처음 받아 본 박수갈채와 환호에 뒷날의 삶이 수상쩍게 변할 것 같단 예감이 들었다. 대학을 졸업하도록 중독인 줄 모르고 그 세계 속에서 방황했고 삶의 방향타도 이미 그 세계 속 어딘가를 향하고 있었다.

하지만 근심이 하나 있었다. 흔히 말하는 춥고 배고프리란 주변의 우려였다. 당연히 주눅이 드는 건 어쩔 수 없었다. 그래도 패기 넘치던 청춘은 양손에 떡을 쥐어보고자 했다. 생계 방편으로 일본에 건너가 의상 디자이너가 되어 돌아와 소극장이 들어 있는 작은 쇼핑몰을 올리고 그곳에서 평생 연극이나 하자는 나름 기깔난 계획을 세웠다.

하지만 뜻대로 되지 않는 일도 많다는 걸 세상이 제대로 가르쳐줬다. 실의와 낙담과 폭음 삼종세트로 부산 남포동 뒷골목에서 고뇌하는 지성인 놀이를 이어가던 때였다. 우연찮게 길에서 마주친 한 선배가 조기 사망 가능성이 농후해 보인다며 자신이 조용한 암자 한 곳을 소개할 테니 각설하고 요양을 떠날 것을 명했다.

우리나라 최초의 올림픽 유도 메달리스트의 스파링 파트너였던 선배를 어찌 거역할 수 있었겠는가. 얌전히 보따리를 쌌다. 그리고 도착한 암자는 얕은 산자락 아래 형성된 자그마한 부락 안에 숨어 있었고 그 안에 살았을 사람들의 살림 규모가 짐작되는 시골 정취 가득한 촌집 두 칸이었다. 한 칸은 법당으로 나머지 한 칸엔 스님 방과 여분의 쪽방, 전통 아궁이가 구비된 부엌이 딸려 있었다. 낯설어 삐쭉거리고 있는데 스님의 오리엔테이션이 시작됐다.

"고시생들도 받아 본 적이 없으니 하숙비 이딴 거 안 받습니다. 다만 부처님 은덕으로 인연이 됐으니 입고, 먹고, 자고 하는 모든 일과를 스스로 해결하세요. 방에 불 때는 것도 오늘 하루만 내가 대신해 줄 테니 내일부터는 나무도 직접

해 와서 잠자리도 데우세요."

부엌 한편에 잔뜩 쌓인 실한 장작들을 두고 나무를 해다가 난방 연료를 스스로 해결하라니 절간 인심이 원래 이런 건가 싶기도 하고 앞으로 눈치 볼 일이 많겠다 싶어 후회가 밀려오기 시작했다. 어쨌거나 첫날 발목 복숭아뼈 쪽에 물집이 잡히도록 뜨끈하게 몸을 지지며 단잠에 빠져 있었는데 느닷없는 기상나팔, 아니 기상 목탁 소리가 울렸다.

"그래도 첫날이라 좀 늦게 깨웠지만 내일부터는 무조건 5시까진 세수하고 일과 시작하세요."

군대를 면제받은 업보인가 했다. 그래도 공짜 잠자리와 밥 세 끼 앞에서 슬며시 양심이 고개를 들었다. 그렇게 인생 갱생 사업이 시작됐다. 기상과 더불어 마당을 쓸고 뒷산에 올라 불쏘시개를 구하고 쌀을 씻어 밥을 안치고 빨래하고 스님 방에 연탄 갈고 틈나면 예불을 빙자해 마구 조는 일상이 이어졌다.

그러던 어느 날이었다. 묵은 주독과 이른 기상으로 무거워질 대로 무거워진 몸을 이끌고 아침 밥상을 든 채 요사채 덧마루를 지나던 중이었다. 잠이 덜 깬 상태로 서까래를 들이받는 참사가 발생했다. 분명히 충돌을 예방하려 있는 대로 허릴 숙였건만…! 당시 귓가에 들리던 소리는 분명코 '꿍' 정도가 아닌 '쿠웅'이었고 목고개까지 젖혀졌었다. 바로 그때 들리던 목소리!

"아직 멀었다. 더 숙여라!"

약이 올랐고 괘씸했다. 인간적인 배신감마저 느껴졌다. 분명 부처는 자비의 화신이랬는데…. 이를 악물고 분함을 곱씹으며 스님 방문을 열어젖히고 무릎으로 기다시피 하며 밥상을 들이밀려는 찰나 '쿵' 어게인!

이른 아침 문지방에 엄지발가락을 찧거나 화장실 문을 급히 닫다가 새끼손가락이 끼어 본 사람은 안다. 그 순간의 대상 없는 분노를. 그럼에도 또다시 들리는 스님의 단호한 목소리.

"어허, 아직 멀었다카이!"

바로 그 순간 이 인정머리라곤 눈곱만큼도 없는 승려와 밥상 물리자마자 결별하리라. 그리하여 어머니의 자애를 만끽할 수 있는 저 살가운 인간의 세계로 돌아가리라 굳게 마음먹었다. 그러면서도 억지로 첫 숟가락을 입안으로 밀어넣었다.

그런데 갑자기 희한한 일이 일어났다. 그것은 존재의 와

해라 불러도 좋을 그런 종류의 경험이었다. 국물 한 숟가락 뜨지 않았는데 입안의 밥알이 짜고 축축해졌다. 밥 먹는 내내….

훗날 스님은 '적정(寂靜)'이란 법명을 그 객식구에게 내려주었다. 그리고 무려 삼십 년이란 세월이 흘러 그 뜻을 겨우 이해한 못난 제자가 그 기억을 여기 적는다.

암자 난입 사건

:

어느 한여름 깊은 새벽. 도심에서 제법 떨어진 한갓진 마을에 자리한 암자 앞마당에 한무리 사내들이 나타났다. 하나같이 180을 훌쩍 넘긴 큰 키에 덩치마저 예사롭지 않았다. 무리 중 암자의 구조에 익숙한 듯한 한 사내가 나머지를 이끌고 법당으로 들어가더니 잠시 후 다시 마당으로 나왔다. 애초 암자에 난입한 목적을 달성한 듯 사내들은 진입할 때의 침묵을 깨고 목소리를 낮춰 뭔가 수군거리기 시작했다. 절로 들어올 때의 조심성이 사라진 듯 보였다.

그러다 무리 중 한 사내가 뜬금없이 벌러덩 암자 마당 한가운데에 누워 버렸고 약속이나 한 듯 나머지도 따라 눕기 시작했다. 목뒤로 깍지를 낀 두 손을 베개 삼아 누운 채 사내들은 밤하늘을 올려다보았다. 뜻 모를 한숨과 신음 소리가 하늘로 연이어 퍼져 가던 중 한 사내가 나직이 내뱉었다.

"아따, 좋다!"

나머지도 동감한다는 듯 잠시 침묵이 흘렀고 마당엔 다시 고요와 함께 사내들의 난입으로 그쳐졌던 풀벌레들의 울음소리가 들려오기 시작했다. 하지만 그 고요는 오래가지 못했고 그르렁거리는 사내들의 코골이가 시작됐다. 풀벌레들이 기껏 되찾아 놨던 고요는 어수선한 소음들이 뒤섞이며 여름의 새벽 대기엔 금이 가기 시작했다.

암자 진입의 선두에 섰던 사내가 눈을 뜬 건 얼굴 위로 쏟아지던 여름 햇살 덕분이었다. 눈을 뜨자마자 그의 시야에 푸른 하늘이 들어왔다. 잠시 그 자리에 누워 있는 연유를 챙기던 중 낯익은 얼굴이 불쑥 나타났다. 그 순간 당혹한 모습의 사내가 번개같이 몸을 일으키더니 아직 꿈나라를 헤매던 일행들을 두들겨 깨웠다.

"스님 죄송합니다. 어제 늦게까지 술을 먹다 갑자기 친구들이 절을 가고 싶다길래…." 진땀을 흘려가며 주저리주저리 사내의 변명이 이어졌다. 잠자코 듣고 있던 스님이 드디어 입을 열었다.

"좀 있으면 햇빛이 뜨거워서 느그들 잠을 못 잔다. 법당 뒤쪽이 그늘이 져서 시원하니 천막 들고 가서 깔아 놓고 한숨씩 더 자라."

염치라곤 1도 없는 사내들은 신성한 경내에 술을 마시고 새벽에 난입한 죄업 따위 까맣게 잊은 듯 파란 비닐 천막을 찾아내더니 법당 뒤에서 다시 오수를 이어가기 시작했다.

여름 해가 하늘 가운데를 지날 때쯤 하나둘 잠에서 깨어난 사내들은 그제서야 밤새 자신들이 어떤 만행을 저질렀는지 깨닫기 시작했다. 후회와 당혹감이 교차하는 얼굴로 서로를 쳐다보던 중 난입을 주도했던 사내가 술에 절었던 몸을 일으켜 요사채로 향했다.

"스승님, 적정입니다."

"으이야, 잘 잤나? 다들 들어오너라. 배도 고플긴데…."

난감한 표정의 사내와 달리 스님의 목소리는 편안하고 따뜻했다. 죄스러움으로 어쩔 줄 몰라 하던 사내가 일행들을 몰고 주지실로 들어갔다. 방바닥엔 먹물이 잔뜩 묻은 군용 모포가 한 장 펼쳐져 있었고 주눅 든 덩치들이 어깨를 욱여넣으며 그 앞으로 무릎을 꿇었다.

"곡차를 할 때는 안주를 잘 챙기무야 되는데 이거라도 좀 무 봐라."

등 뒤의 서안 위에 놓여 있던 투명한 찬통 안에서 스님이 잔멸치를 한 줌 꺼내서 모포 위로 흩뿌렸다. 그리곤 눈치만 보고 있는 일행들에게 시범을 보이듯 먼저 입안으로 몇 마리를 털어 넣었다.

잠시 후 쭈뼛거리던 사내들 중 용기를 낸 몇이 손을 내밀었다. 거구의 사내들과 몸길이가 1cm도 채 안 되는 멸치가 묘한 대조를 이뤘다. 신성한 도량에 난입한 불한당들이 허기를 면하겠다고 잔멸치를 입으로 밀어넣는 광경이라니!

헤어지기 전, 다리몽둥이가 부러져도 시원찮을 과오를 저지른 일행에게 스님은 인삼동동주를 맛있게 담그는 보리밥주막이 인근에 있다며 친절히 약도까지 일러주었다. 하지만 일행을 암자로 이끌었던 사내는 입을 꾹 다문 채 혼자 침묵으로 빠져들었다. 마지막에 합장을 하며 돌아서는 그 사내를 토닥이며 "과음하면 몸 상한다."라며 스님의 따스한 당부가 덧붙여졌다.

그 순간 솟구치던 눈물을 사내는 그 후로도 오래 가슴에 담고 살았다.

부처님, 감사합니다

⋮

호흡기 주변으로 푸석한 공기가 감지된다. 대기 중에 수분이 희박한 탓이다. 체액이 고갈된 나무들 역시 자꾸 깡마른 잎들을 털어낸다. 떨어진 잎들은 밤새 부랑아들처럼 길거리를 쏘다니며 비명을 질러댄다.

그 소리를 가슴에 얹고 잠든 탓인지 새벽잠이 얕아지고 잠자리에도 건조 주의보가 발령된다. 수십 년 몰아세운 몸뚱어리에 무리가 갔는지 얼마 전부터 마모와 부식의 조짐이 보인다. 사는 게 조금만 힘들어도 금방 시동이 꺼질 것처럼 호들갑을 떠는 품이 예사롭지 않다. 사람도 차도 이쯤 되면 멈춰 세우고 정비를 받아야 한다. 하지만 아무리 필요성을 절감해도 이 또한 생활이라는 게 전제되면 여의치 않은 법이다. 그런데 간절하면 나타난다고 했던가. 몸도 마음도 휴식이 필요했던 차에 선택한 건 봉선사 템플스테이였다.

삶이 버거우면 부처님 품 안으로 기어들어가 꺼진 불씨를 살려내듯 삶의 의욕을 되살려 나오곤 했던 것이 어언 스무 해가 넘었다. 그동안 절밥 도둑질로 쌓은 이력에 비해 수행력은 한 발짝도 나가지 못했으니 무간지옥에 내쳐져도 딱히 변명할 말이 없는 처지다. 하지만 어쩌겠는가. 하근기(下根機) 중생이 부처님 손바닥 안에서라도 놀아야 실낱같은 해탈의 희망이라도 품어볼 수 있을 터. 어쨌든 세상사를 잠시라도 홀가분하게 벗어 놓을 수 있다는 기대감에 들떠 공활하고 높고 구름 없는 날 차에 몸을 싣고 봉선사로 향했다.

먼 산과 길이 서로 끌어당기다 놓기를 반복하는 풍경 속을 얼마나 달렸을까. 서 있는 자태마저 향기로운 키 큰 나무들이 시야를 촘촘히 메운다. 그리곤 금방 '운악산 봉선사'란 현판을 달고 있는 일주문 앞에 다다른다. 사찰의 연륜을 생각하자면 고색 찬연한 한문 서체가 용트림하듯 박혀 있을 법한데 권위를 내려놓은 한글 현판이 이채롭다.

하지만 숲속에 꼭꼭 숨겨진 보물 같은 암자를 기대했던

나로선 예상 외로 큰 절의 규모가 조금 당혹스러웠다. 대중들의 발길이 잦은 곳이라면 잠시나마 고립을 원했던 바람을 일단 접어둬야 했기 때문이다. 포기가 빠른 나그네 앞에 먼저 온 일행들이 등장한다. 그들의 안내로 일별한 건물들은 단청을 먹이지 않은 말쑥한 모습들이다. 그중 콘크리트로 지어진 한 부속 건물의 계단을 오르자 옥상인 듯한 지점에 일군의 참한 목조 한옥 건물과 흙으로 덮인 마당이 나타난다. 아귀가 안 맞는 1~2층의 조화가 낯설다 싶지만, 한옥을 선호하는 취향만큼은 충족된다.

템플스테이 참가자들의 교육과 숙소를 위한 공간엔 '달빛이 머무는 자리'라는 시적인 이름이 붙어 있다. 잠들기 전, 방문을 열어젖히고 달빛을 맞아들이고 싶은 마음이 앞설 정도로 편안하고 친근함이 느껴진다. 마당 한쪽엔 한자로 '방하착'이라 새겨진 큰 석물이 장승처럼 우뚝 서 있다. '놓아버려라' 도착하자마자 화두를 탄 느낌이다.

잠시 후 더는 내려놓을 게 없어 보이는 편안한 인상의 보살님과 처사님이 다가와 인사를 건넨다. 우리 일행 외에도 프로그램에 동참한 이들이 있는데 파주 소방서 소속의 구급 대원들이니 서먹해하지 말라는 당부도 곁들인다. 간단한 오리엔테이션이 끝난 후 환복을 하고 각자 취침에 필요한 침구류를 지급받았다. 잠시 후 품이 넉넉한 수련복으로 갈아입고 모여든 일행들이 서로의 모습에 살짝 어색해하는 광경이 재밌다. 이렇게라도 낯선 우리가 서로 조금씩 비슷한 부분이 있다는 사실이 기쁘지 아니한가.

엊그제 입산한 서툰 행자승처럼 우리 일행은 차수를 한 채 경건한 걸음으로 경내를 둘러보기 시작했다. 근대에 들어 화재로부터 소실을 막기 위해 콘크리트로 지어졌다는 본당을 비롯해 파괴와 복원의 아픔을 반복해서 겪은 전각들이 천년 고찰의 한을 가슴에 묻은 채 조용히 제자리를 지키고 있었다.

다른 사찰에서라면 마땅히 대웅전이라 불렸을 본당에도 일주문과 마찬가지로 '큰 법당'이란 한글 현판이 붙어 있었다. 배움이 부족한 대중들에게도 부처의 가르침은 쉽게 전해져야 한다는 믿음으로 이 절에 주석하며 한글 역경 사업을 펼쳤던 스님들의 의지가 법당 현판에도 반영된 것이다. 경건하게 법당 안으로 발을 들이고 무릎을 꺾어 불상 앞에 머리를 숙이자 등짝에 실려 온 숙업들이 와르르 쏟아져 내렸다. 해거름의 본당 안엔 내 무명만큼이나 희미한 광선만 비쳐들고 목구멍에선 울음 섞인 참회가 올라왔다.

단출한 찬이라도 절에서의 식사는 자극적이지 않아서 좋다. 쉽게 소화되는 것은 물론이고 전통 장류로 간을 한 음식들은 식재료 고유의 맛을 새삼 일깨워 주는 미덕도 발휘한다. 자연 재료로 가장 자연스러운 조리 과정을 거친 식단. 허례허식을 걷어낸 식단 앞에서 새삼 먹는 일의 소중함과 고마움을 느낀다. 식사를 끝내고 본인이 사용한 식기들을 각자 씻는다. 타인의 노고에 기대지 않고 자신을 스스로 돌보는 일. 당연하나 몸에 배지 않은 일들. 간단한 설거지를 하면서도 짧은 명상이 이어진다.

해가 뉘엿뉘엿 앞산을 넘을 때쯤 우리 일행은 범종루 앞으로 모여들었다. 사찰 사물의 연주는 드물게 보는 터라 온 신경이 범종루를 향한다. 이윽고 무명을 두들기는 법고 소리와 허공의 중심을 강타하는 범종 소리가 귓전에 가득하다. 그 소리를 하나하나 새기며 설법전이 있는 청풍루로 오른다. 저녁 예불 시간. 오분향례에 이은 칠정례. 굽어지던 허리가 더 낮은 곳을 찾는다. 그간 지은 죄업을 부처님께 죄다 고하고 홀한 걸음으로 이 품을 떠나게 해 주소서. 반복되는 오체투지 끝에 반야심경을 독송하는 대중스님들의 장엄한 코러

옅은 연무에 싸인 초록의 장막 사이로 발효된 숲의 냄새가 흘러다닌다.
내딛는 걸음마다 햇살이 내려앉고 바람이 깃든다. 신령스런 숲이다.

삶이 버거우면 부처님 품 안으로 기어들어가 꺼진 불씨를 살려내듯
삶의 의욕을 되살려 나오곤 했던 것이 어언 스무 해가 넘었다.

스가 가슴 속으로 감겨든다.

예불을 마치고 다시 '달빛 머무는 자리'로 돌아와 음악 명상과 단주 만들기로 피로를 풀며 하루를 마감했다. 혼자서도 똬리를 틀고 앉아 수행이랍시고 흉내를 내본 적도 있지만, 일면식도 없는 이 무리 속에서 함께하는 명상이 이토록 즐거운 이유가 뭘까? 그래서 부처님께서도 제자들에게 승가를 이루도록 하신 걸까? 단주 만들기를 끝내고 잠자리를 찾아든다. 한지가 발린 방문을 밀치자 달빛이 성큼 걸어 들어온다. 이곳이 휴월당(休月堂)인 이유를 알겠다.

템플스테이 이틀째. 두들기면 징소리가 날 것 같은 새벽 공기가 잠을 깨운다. 당연히 몸이 가볍다. 너른 절간에 드나드는 대중이 많으니 편안함이 덜할 것이란 예상은 보기 좋게 빗나갔다. 밤새 풀벌레 소리도 새소리도 숙면을 방해하지 못했을 뿐만 아니라 마당을 에둘러 들어선 건물들조차 하룻밤 새 친근해진 느낌이다.

새벽 예불로 하룻밤 품을 내어주신 불보살님께 감사의 인사를 올리고 '달빛 머무는 자리'로 돌아와 108참회에 동참했다. 사실 무릎에 전치 4주 이상의 부상을 입고 재활 치료가 필요한 상황이었지만 가슴에 올려져 있는 돌덩어리를 내려놓고 싶은 마음에 고통을 감수하기로 했다. 짊어진 번뇌를 백여덟 번 접었다 펼치기를 반복한 끝에 희망 비슷한 것이 눈앞을 스쳐 지나가는 것을 본다. 앞마당에 박힌 선돌이 왜 내려 놓아버리라 일갈했는지 알 것 같다.

주지스님과 차담 시간을 가지고 난 후 숲길 포행에 나섰다. 성치 않은 다리로 이른 아침부터 108배의 과업을 완수하느라 숲길 포행을 잘 해낼 수 있을까 망설이는 마음과는 달리 몸은 이미 숲을 향해 걸음을 떼고 있었다.

인생은 예측 못할 반전이 있어 재미나다 했던가. 그렇게 기대하지도 않았던 숲길 포행에서 할 말을 잊게 하는 황홀경과 마주한다. 무릎에 통증은 언제 아프기라도 했나 싶다. 엷은 연무에 싸인 초록의 장막 사이로 발효된 숲의 냄새가 흘러다닌다. 형언이나 묘사가 불가한 냄새다. 신음처럼 새어나오는 한마디.

"신령스런 숲이다."

내딛는 걸음마다 번뇌가 낙엽처럼 바스러진다. 숲의 숨결에 내 호흡을 끌어다 맞춰 본다. 그 순간 고요를 매달고 숲 속으로 쏟아져 들어오는 저 무량광! 나는 숲길을 걷다가 길을 잃는다. 숲에 물든다. 숲에 물든 내 걸음마다 햇살이 내려

앉고 바람이 깃든다. 숲에 잉태되어 의식을 잃는다. 숲이 된
내가 숲조차 잊는다. 포행이 끝날 무렵 꼭 다시 찾으리란 맹
세가 가슴에 아로새겨진다.

"부처님 감사합니다. 이 숲에 나투신 모든 부처님 감사
합니다."

참된 스승

:

느지막이 열어젖힌 서식지 출입구 앞에 놓인 두 개의 스티로 폼 박스. 부친 사람을 짐작하고 별생각 없이 덜렁 덤벼드는 데 부실한 허리가 휘청한다. 하는 수 없이 하나씩 따로 안으 로 들이는데 박스 하나의 무게가 벌써 예사롭지가 않다. 박 스 두 개를 잠깐 옮기는데도 후달리는 몸뚱어리를 원망하다 가 교통사고의 후유증에서 아직 자유롭지 못한 그녀가 이 무 게를 옮겼을 걸 생각하니 하단전에서부터 죄스러움이 뻗쳐 오른다.

뒤이어 언박싱 타임. 포장용 테이프를 뜯어내고 뚜껑을 개봉하자 뽀얀 국물 위로 동동 떠오른 해맑은 백김치. 대충

어림잡아도 10kg은 족히 넘어 보이는 양이다. 아는 맛이 무섭다지만 저 백김치의 무서움은 이미 경험한 바다. 그것도 아주 살벌하게. 아무리 과식을 하고 난 뒤라도 저 백김치 한 조각 베어 물고 김치국물 두어 모금 들이켜고 나면 30분이 채 안 돼서 허기를 느끼곤 했기에 하는 말이다.

두 번째 박스엔 양념에 버무린 김치 두 봉지와 씨알 굵은 고구마, 앙증맞은 사이즈의 청사과와 홍사과가 박스 안 빈틈에 빼곡히 들어차 있다. 친정 냉장고 털이에 익숙한 출가한 딸년처럼 그녀의 정성에 기대 산 지 어언 십 년. 눈앞의 음식과 그 재료들이 어떻게 길러지고 만들어지는지 누구보다 잘 아는 터라 이런 날이면 송구스러움에 가끔 복잡한 심경이 되곤 한다.

사실 그녀는 부처가 최종 보스인 조직의 일원이다. 하지만 늦깎이로 조직에 가입해 먹물빛 유니폼을 입은 그녀의 '부캐'가 자연 밥상 연구가이자 전통 의학의 한 맥을 잇는 재야의 은둔 고수라는 사실을 아는 사람은 그리 많지 않다. 특이한 이런 이력은 40대로 접어든 어느 해 간암 말기 판정을 받으면서 시작된다.

소위 수행자로서의 삶을 살아가던 그녀에게 어느 날 벼

락처럼 내려진 사형 선고. 말기 간암. 살기 위해 병원을 찾았지만 물 한 모금 삼키기 힘든 그녀에게 의사들은 퇴원만 종용할 뿐 어떤 희망적인 얘기도 들려주지 않았다. 그녀는 절망했고 분노했다. 하나같이 속수무책인 의사들을 대신해 그녀는 자기 몸을 스스로 치료하리라 결심하고 소문 속의 명의를 찾아 함양으로 떠난다.

그곳에서 만난 인산 김일훈 선생과의 만남. 죽음을 기다릴지 뜸을 뜨는 고통을 견뎌내고 목숨을 건질지를 묻는 질문에 그녀는 '화탕지옥'을 선택한다. 그렇게 한 장 두 장 뜸의 개수를 늘려가며 49일, 145장을 태울 때쯤 그녀 몸 안의 암세포도 뿌리째 연소되고 만다. 그리고 자신을 치료해 준 은인을 스승으로 면역에 필요한 약제 제조법을 익히며 그 뒤로도 10년간 매년 뜸으로 자신의 몸을 지켜낸다.

그런 연유 때문일까? 그녀가 조리하는 모든 음식엔 면역에 도움을 주는 아홉 번 구운 죽염이 꼭 들어간다. 말이 아홉 번이지 얼마나 지난한 과정인지 잠깐이나마 법제에 직접 참여해 봐서 안다. 완성에만 무려 40여 일이 걸리니 말이다. 그런 죽염으로 모든 장류를 담아내고 모든 음식의 간을 맞춘다.

죽음의 문턱을 경험한 이가 몸을 어찌 대해야 할지 깨달은 덕분이다. 처음 인연을 맺던 날 가족과 떨어져 혼자 끓여 먹고 산다는 얘기를 듣자 그녀가 넌지시 주소를 물어왔다. 며칠 뒤 당도한 소포 상자를 여니 은행알까지 들어간 영양밥, 소고기를 다져 넣은 청국장전, 나물과 국 등 한 끼니씩 일회용 비닐에 소분되어 담겨진 음식들이 빼곡히 들어차 있었다. 꺼내 먹는 일조차 수월하도록 배려한 흔적이었다. 눈물이 그치지 않고 흘러내렸다. 누군가의 고마운 마음 씀씀이가 그토록 감동적일 수 있다는 걸 처음 깨달았다.

그 뒤로도 지금까지 계절이 바뀌고 면역이 걱정되면 손수 빚은 소화제와 식용 유황을 법제한 면역제, 쌍화탕, 무청으로 만든 조청, 곰보배추로 만든 기관지 보호제, 각종 장류와 김치, 심지어 경옥고에 이르기까지 그녀의 은혜로운 선물은 이어지고 있다. 덕분에 우리가 자주 입에 올리는 자비의 화신들인 보살들께서 그 이름을 내려놓고 인간계에 내려와 섞여 살아가고 있음도 처음 알게 됐다.

따지고 보면 자비관 수행을 결심하게 된 것도 그녀 덕분이다. 그리고 새삼 깨닫게 된다. 참된 스승은 무엇을 가르치는지 말하지 않고 다만 스스로 깨닫게 드러내 보여줄 뿐이란 사실을. 세상의 어머니, 자애로우신 혜각 스님.

정수리에 박힌 도끼날

:

'개뿔 같은 자존심'이란 얘길 들어봤을 거다. '개 두개골에 뿔이 돋은들 무슨 소용 있느냐'는 비아냥이면서 쓸데없는 자존심을 버리고 현실을 똑바로 보란 날선 충고의 의미도 담긴 걸로 안다.

하지만 그 개뿔 같은 자존심에 기대 살아야 하는 인간군상들도 있기 마련이다. 남들처럼 대학 4년까지 마치고 변변한 직장 대신 가난한 '예술가'란 꼬리표를 자진해서 단 사람들 말이다. 이 바닥에선 생활고가 훈장이고 모든 환란을 견뎌낼 수 있는 인내가 무엇보다 우선하는 덕목이다. 여기에 더해 '광대'라고 하는 것은 넓고 크게 살아가라고 붙은 이름이며 '배우'라고 불리는 이유는 죽을 때까지 무엇이든 배워야 하기에 그렇게 불린다고 한다.

물론 혼자 지어낸 얘기가 아니다. 언제부터 전해져 온 얘긴지 제대로 아는 사람도 없다. 그런데도 이들에게 이 그럴듯한 설명들이 금과옥조로 받아들여지고 있다. 요약해 보면 배를 곯더라도 인내하며 가난한 '예술가'란 명칭을 훈장으로 알고 크고 넓게 살아가며 죽을 때까지 '배우'란 요지다.

조선 시대 사림의 청렴한 선비도 아닌데 이따위 얘기들을 왜 멀쩡한 사람들 머릿속에 때려 박아논 걸까? 사는 게 궁상맞고 구질구질하니 정신 승리라도 안 하면 견디지 못할까 싶어 누군가 위로 차원에서 만들어 낸 게 아닐까?

어쨌거나 불속으로 뛰어든 불나방처럼 배우란 이 지난한 직업을 택하고 사는 이들에겐 무너지는 자존을 지탱하기 위해서라도 이른바 '개뿔'이 필요할 수밖에 없다. 주머니가 헐거우면 머릿속에라도 뭔가를 채워 넣어 정신의 허기를 면하고 싶은 게 인간의 보상 심리 같은 건지, 그 시절 몇 푼 생기면 술로 자신을 위로해 주고 다음 날이면 서점을 찾곤 했다. 남들에게 꿀리지 않고 살아가고 싶은 욕망에 시집을 모으거나 제법 심각한 주제를 달고 있는 책들을 사 모으는 게 당시의 유일한 취미였다.

어느 날, 단골 서점 안을 한 바퀴 휘이 돌다가 한 코너에서 발이 멈췄다. 책 한 권이 눈에 띄었다. 한자로 쓰인 제목. 다행히 읽을 수 있는 한자였다.

《禪問禪答(선문선답)》 제목부터 폼 났다. 지상의 양식을 머리에 쓸어 담고 누군가에게 썰로 풀어낼 상황을 떠올리니 어깨가 올라갔다. 하지만 기대와 달리 집어 들고 읽어 내려가는데 처음엔 '암호집'을 분석하는 느낌이었다. 그러다 한 에피소드가 눈에 박혔다. 내용은 이랬다.

젊은 승려가 배움이 절실해 이 산 저 산을 떠돌며 은 둔 고승들을 찾아다녔다. 그러다 깊은 산속에 은거 중인 한 고승에 대한 소문을 들었다. 그리고 수소문 끝에 그가 기거하고 있는 암자를 찾아낼 수 있었다. 혹독하게 추운 한겨울 그와 마주했다. 처음 본 그는 장작을 패고 있었다. 아궁이엔 불길이 이글거리고 있었고 노승의 도끼질은 계속 이어졌다. 젊은 승려가 머뭇거리며 노승을 살피다가 갑자기 얼굴이 굳어 졌다. 노승이 패고 있는 장작이 다름 아닌 나무로 만든 목불이었던 것이다. 젊은 승려가 급박한 목소리로 노승을 제지하며 소리쳤다. "스님, 스님! 어떻게 존귀한 부처님 몸에 도끼질을 할 수가 있습니까?" 노승이 잠시 도끼질을 멈추더니 객승을 가만히 지켜보다가 입을 뗐다. "자네는 이 목불이 부처의 몸뚱어리로 보이나 보군. 내 눈엔 나무토막에 불과한데 말이야." 그리곤 다시 도끼를 쳐들었다.

다른 사람들에겐 이 얘기가 어떻게 다가갈지 모르겠다. 그날 정확히 정수리 한가운데로 도끼날이 박히는 걸 느꼈다. 그리고 그 불쌍한 '개뿔'이 박살이 나고 말았다. 아니 솔직히 말하면 그 뒤로도 '개뿔'이 돋아나면 그 노승이 휘두른 도끼날의 예리함을 떠올리곤 한다. 그리고 그날 이후로 종교를 묻는 사람이 있으면 깨달음을 찾는 무리에 속하게 됐노라고 말한다. 물론 이 말 또한 도끼 맞을 흰소리다.

삶은 끝없이 묻는다

:

어느 날 삶이 물어왔다.

기쁨이 찾아올 때 너의 자세는 어떠하냐?

슬픔이 찾아올 때 너의 자세는 어떠하냐?

평안이 찾아올 때 너의 자세는 어떠하고,

환란이 찾아올 때 또 어떠하냐?

답하려 기억을 되짚었다.

일희일비. 그저 덧없이 울고 웃고 분노하며 소리치고 들떠 술 마시고 춤추다 쓰러져 잠이 들었다. 그러다 깨어나면 잠시 허탈해 하다 또다시 끓어오르는 욕망을 좇아 귀신 썬 영혼처럼 허우적대며 세상을 흘러 다녔던 게 전부였다. 가끔 스스로에게 누구인지를 묻기도 했지만 개울물의 깊이로 물어서였는지 답을 듣기도 전에 질문 자체가 떠내려갔다. 관성에 의지해 하루하루를 살아갔고 방향을 잃은 삶은 어느새 범람하는 물살 위에서 거칠게 흔들리고 있었다.

그러다 급류가 덮친 어느 해가 있었다. 소속사가 운영난에 부딪히며 경영자가 계속 바뀌었고 이런저런 이유로 급기야 허공에 뜬 신세가 됐다. 그 회사와는 해결해야 할 부채 문제가 있었는데 후일 제삼자에게 변제를 해야 한다기에 거부하자 송사로 번졌다. 게다가 국세청에선 전전 소속사의 부탁으로 만들었던 법인의 세금이 미납됐다며 금융 거래에 족쇄를 걸며 납부를 압박해 왔다.

엎친 데 덮친 격으로 호주에서 유학 중이었던 아들의 등록금 고지서까지 날아들었다. 한동안 일이 끊겼고 수입도 전무하다시피 했기에 보험을 해지하는 건 기본이고 2금융권에까지 손을 벌려 목까지 꽉 차오르도록 대출을 받고 있던 상황이었다. 달마다 돌아오는 카드 대금과 대출 원리금을 감당하기 위해 주변의 지인들에게도 폐를 끼쳐야 했다. 하지만 두 달 안에 1억에 가까운 돈을 마련한다는 건 로또 당첨 같은 요행이나 기적 외엔 해결 방법이 없었다.

혼자서 나락으로 가는 건 두렵지 않았다. 하지만 처자식을 가난의 두려움에 갇히게 하는 건 죽기보다 싫었다. 어린 시절, 그리고 연극배우 시절 겪었던 가난이 사람을 얼마나 주눅들게 하는지 뼈저리게 느꼈기 때문이다.

누군가에게 들었던 불행이 찾아올 땐 꼭 제 친구들과 같이 온다는 얘기가 생각나는 순간이 찾아왔다. 걱정에 걱정이 더해지자 만성피로와 무기력증, 불면증이 이어졌다. 병원을 찾아가니 당뇨 수치가 위험 수위라고 했다.

체중 감소도 눈에 띄게 빨라졌다. 한 달 반 사이에 무려 13kg이 빠졌다. 잠 못 자고 입맛 잃어 먹지 못하는 악순환에 따른 당연한 결과였다. 누가 봐도 당시의 모습은 오랜 투병의 마무리에 접어든 시한부 환자의 모습이었다. 단언한다. 체중 감량이 필요하다면 불행과 번뇌를 불러들여라. 젤로 효과가 빠르다.

걱정과 우환을 이불처럼 덮어쓰고 끙끙거리던 어느 날 문득 가슴 한구석에서 치미는 분노가 느껴졌다.

'이깟 돈 몇 푼에 세상이 무너진 것처럼 힘들어 하는 게 인생 맞나' 싶었다. 눈앞의 장막을 간절히 걷어내고 싶었다.

이 몸이 생겨났기에 모든 현상이 따라 일어났고 생각, 감정이 반응한 결과가
지금의 이 고뇌가 아니던가? 그렇다면 이 생각, 감정의 실체는 과연 무엇인가?

그리고 어려울 때마다 답을 던져주던 한 사람이 떠올랐다. 바로 스승이었다. 삶의 고비마다 그가 내밀던 구원의 실 한 자락을 기대하며 부산으로 향했다.

오랜만에 분위기 좋은 기장해변의 레스토랑에서 사제가 마주 앉았다. 제자를 위해 당신께서 한턱 쏘신단다. 입맛이 돌아오길 기대하며 트러플전복죽을 시켰다. 후식까지 끝낸 후 찾아뵌 용건을 꺼냈다. 금전적인 도움을 기대하는 마음이 굴뚝같았음에도 차마 꺼내지 못하고 그간의 어려움을 토로하며 끝에 죽을 것 같다는 필살의 멘트까지 덧붙였다. 그런데 주위사람들의 시선이 걱정될 정도로 그가 큰소리로 웃음을 터뜨렸다.

"죽을 것 같다고? 그래? 그라모 니 죽기 하루 전에 낼로 찾아오너라. 내 니를 살리 줄게."

타들어가는 제자의 속을 아는지 모르는지 스승은 시크하게 한마디 던지고는 계산을 마치고 레스토랑을 나섰다. 그리고 뒤따라 나선 제자를 향해 "정 힘들면 준제진언 90만 편을 외워 봐라"는 한마디를 쿨하게 남기고 차의 시동을 걸었다. 씁쓸한 마음을 수습한 채 상경해선 골방에 틀어박혔다

"이 몸이 생겨났기에 모든 현상이 따라 일어났고 생각,

감정이 반응한 결과가 지금의 이 고뇌가 아니던가? 그렇다면 이 생각, 감정의 실체는 과연 무엇인가?"

예전 위빠사나 수행법을 통해 대상화시켰던 마음의 작용들을 챙겨 보며 그렇게 기도와 질문을 이어갔다. 밤에서 새벽까지 유튜브에 나오는 영성 관련 콘텐츠들을 섭렵해 갔다.

뒷얘기가 궁금할 것 같아 덧붙이자면 대략 이렇다. 그해 홍수로 아내의 차가 침수되면서 보상금이 제법 나왔다. 미납 법인세는 관할세무서 징세관과 상의해서 소액 분할 납부 허가를 받았다. 전 소속사와의 민사 소송 건은 부산상고 개교 이래 노무현 대통령에 이어 두 번째로 변호사가 되신 아우한테서 후배 변호사를 소개받았고 수임료도 마다한 채 활약해 준 변호사 덕분에 채권자와 극적 합의에 도달했다. 또한 어느 날 새롭게 대출 가능 한도가 생겼으니 돈 빌려 가라는 2금융권의 친절한 안내가 도착했다. 물론 조건은 썩 맘에 드는 건 아니었지만 큰아들 학자금으로 꼭 필요한 금액이었다.

삶은 끝없이 묻는다. '생각, 감정이 그대들을 흔들어 놓을 때 그것들을 대하는 그대들의 자세는 어떠해야 할까?'라고.

멈추기 비우기 알아차리기

:

돌이켜보면 정처 없이 나대기만 하는 마음과 함께였다. 딴엔 무언가가 돼보겠노라 설쳐댔지만 이르지도 않은 경지에 이른 척하며 남을 업신여기기 일쑤였다. 좋고 싫음으로 편을 갈라 남을 평하고 남을 꺼꾸러트린 자리에 자신을 세워 잘난 척을 해댔다.

눈에 보이는 것은 무엇이든 소리로 들리는 것은 무엇이든 욕망의 대상이 되는 것들만 정신없이 쫓아다녔으니 남이 입고 가진 것을 부러워하고 남들이 즐기며 기뻐하는 소리를 질투했다. 그러면서 가난을 두려워하고 노력하는 것을 귀찮아했다.

그런가 하면 채워지지 않는 탐욕을 달래기 위해 주색에 탐닉하며 정신을 허물어트렸으며 선한 가면을 쓴 채 타인들의 애정을 갈구했고 그들의 동정에 의지했다. 돌아보니 온통 헛것이 미쳐 날뛴 흔적뿐이라.

도대체 겉껍질만 남아 바스락대는 이 삶을 어찌해야 한단 말인가? 질문이 꼬리를 물었지만 이런 질문에조차 현학적인 척하는 양념이 묻었다. 삶이 물마루 높이 치솟았다가 심연 어딘가로 곤두박질쳐질 때쯤 누군가가 따뜻한 손길을 내밀었다.

"제주도 그 양반한테 가서 며칠 쉬다 와. 그러면서 명상도 좀 배우고."

다독이며 등을 떠미는 그녀의 목소리를 무조건 따르기로 했다. 혜각 스님이었다. 소개받은 스님께 전화 한 통으로 신세 좀 졌으면 한다고 한마디 던진 게 전부였다. 그리고 무작정 제주행 비행기에 올라탔다.

서귀포 어디쯤엔가에 자리한 감귤 농장 한가운데에 그의 살림이 자리하고 있었다. 처음 만난 그는 모든 것에서 놓여난 편안함을 몸에 묻히고 있었다. 찻물을 끓이는 동안 침묵 속에서 눈빛으로만 서로에 대한 질문이 오갔다.

찻잔에 찻물을 따르며 그간 어떤 수행을 주로 해 왔냐며 그가 물었다. 딱히 언급할 게 없는 사항이었기에 부끄러움이 밀려왔다. 자기 곡 하나 없이 남의 노래 커버만 해온 자가 가수라고 생색내는 꼴이었다. 주력 수행이라 운은 뗐지만 역시 부끄러웠다. 망언 한마디 첨가하자면 술 마시는 데 힘을 쓰긴 했다. 아무튼 그의 질문이 이어졌다.

"혹시 식광은 본 적 있으신가요?"

식광이 무슨 뜻인지 그 자리에서 당장 알아듣질 못해 식겁은 했다. 그 개념은 나중에야 주워들을 수 있었다. 그렇게 대화가 끝나고 그가 차려준 저녁을 뻔뻔하게 얻어먹고 위빠사나 수행법에 대한 설명도 들었다.

살림채와 별도로 창고를 개조해 만든 편백 향 가득한 명상실 한편에 있는 쪽방도 배정받았다. 새벽 5시에 첫 수행을 시작하니 그전에 일어나 준비를 해 두라는 당부를 끝으로 십여 평 남짓한 수행 공간에 고요만 남겨졌다. 주위가 고요하니 머릿속이 시끄러워졌다. 머리를 얼른 껐다.

다음 날 새벽 5시. 첫날 수행을 함께 해 주겠노라며 가이드를 위해 그가 함께 좌복을 챙겨 들었다. 숨을 들이쉬고 내쉴 때 코끝에 집중이 잘 되는지 하단전 쪽이 집중이 편한지에 대해 그가 물었다. 하단전에 의식을 두는 게 편해서 그리 하겠다고 했다. 떠오르는 생각, 감정 어떤 것에도 딸려가지 말고 다만 알아차리기만 하라는 핵심 설명이 있고 드디어 입정.

첫 손님은 새소리를 따라 들어온 어떤 대중가요 한 구절이었는데 다른 생각으로 대체되기 전까지 떨구기 힘든 진상 손님이었다. 그리고 뒤이어 방문객들이 하나씩 찾아왔다. 과거로부터 타임 슬립까지 해 가며 현재를 찾아온 방문객과 불안과 공포로 채색된 미래의 방문객까지 다양했다.

수행은 1시간 명상 후 10분 경행의 순서로 점심 때까지 그리고 식후 차를 마시고 다시 이어져 저녁식사 전까지 계속됐다. 얼치기 입문자를 위해 부엌일을 마다않고 밥상까지 차려내는 스승의 묵묵한 모습. 그에 반해 머릿속 난장이 곤혹스러운 가운데 하루 일정이 마무리됐다. 온 우주의 마구니들을 상대한 후유증 덕에 이틀째 밤을 꿈 없이 넘겼다.

명상 수행 이틀째. 첫 수행 시간을 수마와 온갖 음란마귀들을 물리치느라 진을 빼서인지 두 번째 수행 시간엔 생기가 회복되며 마음 한편에 고요가 생겼다. 떠돌이처럼 하릴없이 찾아왔다 떠나는 방문객들. 뜬금없이 나타났다가 뒤이은 생각들에게 자리를 물려주고 흔적도 없이 사라지는 무상한 생

수행 후 속절없이 삶에 끌려다니기를 멈추고,
잠시 멈춰 그 순간을 관찰하는 알아차림의 시간이 많아졌다.

의 파편들. 감정들 또한 뿌리 없이 마음의 문고리를 붙들고 있다가 떠나가는 게 보였다.

그리고 그것들이 오가는 중에도 그 오감을 알아차리고 있는 고요한 자리가 있었다. 모처럼 삶 안에 편안함이 밀려왔다. 실체 없는 것들에 앵커를 박고 살아온 지난 날들이 가슴 아픈 후회로 밀려왔다. 그저 산은 산이고 물은 물일 뿐인데 말이다. 체험한 내용을 나누는 자리에서 스승의 당부가 이어졌다.

"밥알을 씹다가도 찻물을 삼키면서도 설거지를 하면서도 할 수 있는 게 바로 이 수행입니다. 일상으로 돌아가더라도 생활 중에 생각의 흐름에만 휩쓸려가지 말고 잠시 멈춰 그 순간을 알아차리는 연습을 해 보세요."

그의 곁에 오래 머물진 못했지만 그의 당부를 이해할 수 있을 것 같았다. 오래전 무대 위 공연 중에 갑자기 찾아온 고요 속에서 숨이 나오고 움직임과 말이 시작되는 것을 알아차린 적이 있었다. 정확히 근육의 움직임이 시작되기 바로 직전에 그것을 예상하고 알아차리는 누군가가 연기를 하고 있는 또 다른 자신을 지켜보고 있는 걸 경험했기 때문이다.

또 다른 차원의 포털(portal, 차원 이동 관문)이 열린 것 같던 그날, 두 개의 자아를 경험하는 것 같았고 트랜스 상태를 경험하고 있다는 사실을 함께 공연 중이던 여자 후배가 알아차리고 놀라워했었다. 그 알아차림의 현존은 밤늦도록 함께 했지만 술을 마셔도 같은 상태가 계속될까라는 투철한 실험 정신이 그 기적 같은 선물을 날려버린 경험이 있었기에, 헤어지던 날 그가 가슴 깊이 박아준 한마디를 기억한다.

"늘 사띠(sati, 念, 마음챙김)와 함께 하시길 빌어요."

그 고맙고 정성스러운 당부 덕에 속절없이 삶에 끌려다니기를 멈추고 현존하기를 연습하는 시간이 많아졌다. 그리고 수행 체계에 뿌리가 생기면서 다시 밀법에 안착하고 있지만 깨달음을 찾아가는 길은 그 바탕에서 결코 나눠질 수 없음을 믿게 되었다.

감사합니다, 진해 스승님!

'사두(Sadhu) 진해!'

움직이는 법당

:

단양을 에워싼 소백산 줄기 아래 야트막한 야산을 등에 업은 절터가 펼쳐지고 있었다. 산 아래로 국도를 따라 강줄기가 이어지고 강 건너 병풍처럼 늘어선 산들이 맑은 강물에 얼굴을 비추고 있는 곳. 그곳은 하나의 풍경이 보는 이들의 눈에 그림처럼 담기는 곳에 자리한 도량이었다. 은행나무 묘목 한 그루 한 그루 사찰 마당에 정성스레 심어진 모습에 도량을 가꾼 이의 원력이 가늠되는 소박하지만 안온한 성소였다.

그곳을 일궈낸 노장은 묘한 개성을 지니고 있었다. 흔하게 보는 먹물빛 가사와 장삼 대신에 때론 하얀 가사를 때론 황톳빛 가사를 두르고 뜨개질로 만든 모자나 터번을 연상시키는 모자를 즐겨 쓰면서 컬러가 들어간 안경도 자주 걸쳤다. 나이를 잊은 패션 감각에 더해 가슴께까지 드리워진 하얀 수염은 그의 개성에 신비로움을 더해주는 듯했다.

그런 그를 처음 만났던 시절의 기억이 빠른 속도로 되감겼다. 부산의 한적한 동네에 자리한 암자를 꾸리던 그를 소개받고 얼마 되지 않아 출가를 권유받았었다.

"전공도 철학을 했겠다 안성맞춤이다. 속세에 내려가 뻘짓이나 하다 온갖 애로 겪지 말고 불법에 귀의하면 어떻겠노? 필요하다면 인도든 일본이든 유학도 시켜 줄게."

출가 권유의 변이었다. 절에서의 짧은 살림 경험은 시간 대비 가성비 높은 깨달음을 선물했던 터라 며칠을 고민했다. 하지만 자발적이지도 정식적인 출가도 아닌 것 같아 맘에 걸렸다. 더구나 늦은 밤 앞산의 실루엣을 감싸는 도시의 불빛에 홀로 남겨질 모친 생각이 간절해졌고 출가가 엄청난 불효로 느껴졌다. 한 달도 안 돼서 그의 품으로부터 줄행랑을 쳤다. 정식 출가를 했던 것도 아니었고 술병을 핑계로 요양 차 그의 밑으로 들어갔던 터라 출가의 명분을 찾기가 쉽지 않았다.

비록 사찰의 위용도 제대로 갖추지 못한 한갓진 암자에서 사제로 인연을 맺은 사이였지만 스승으로 모시기에 모자람 없는 분이었기에, 자애로움과 파격이 함께했던 그의 가르침이 가슴 깊이 자리하면서 진짜 출가를 진지하게 고민하는 세월이 그 뒤로도 한동안 이어졌다.

삶의 고비가 찾아올 때마다 그를 찾아 무릎을 꿇고 조언을 구했다. 그를 찾는 이유는 대동소이한 듯 암자를 드나들던 신도들도 집안의 대소사를 어떻게 풀어갈지 그에게 묻곤 했다.

솔직히 말하겠다. 그의 품 안에 처음 깃들었을 무렵 법당 안에서 일종의 '영험집'을 발견했던 적이 있었다. 병원에서도 치료되지 않던 원인불명의 병이 나은 사례로부터 억울한 송사가 해결되고 자녀나 부부 사이의 갈등이 기도나 의식 등을 통해 해결됐다는 구체적인 체험담이 주류를 이루고 있는 일종의 '신앙 간증집' 같은 거였다.

종교의 특성상 신비의 영역이 반드시 존재해야만 하는 것도 수긍 못 할 바가 아니었지만, 자칫 한 개인에 대한 과도한 숭배나 신비화가 따르는 이들을 사교 집단으로 전락시키거나 맹신에 빠뜨릴 것을 우려했었기에 '영험집'의 존재는 스승에 대한 회의를 불러오기도 했었다. 불교가 뭔지 수행이 뭔지 개념조차 제대로 서 있지 않던 얼치기에겐 오컬트를 대

"니가 움직이는 법당이고 니 안에 대일여래가 계시는데 으데서 뭘 찾을라카노?"
구름 너머 번개가 지상으로 내리꽂히며 법혈을 통해 땅속으로 흘러들어 갔다.
이미 안에 있는 것을 왜 밖에서 찾아 헤맸을꼬?

하는 듯한 기묘한 두려움이 우선했기 때문이었던 것 같다.

하지만 삼십 년이 넘는 세월 동안 스승은 만날 때마다 한결같이 "요새 수행은 우찌하고 있노?"를 인사 대신으로 묻곤 했다.

그때마다 대답은 궁색했다. 화두도 타 보고 위빠사나 수행도 짧게 경험해 보고 티베트 사원까지 찾아 얼쩡거리며 '내게 맞는 수행법'이란 걸 찾아 헤맸지만 언제나 수박 겉핥기에 정주를 모르는 낭인 같은 초라한 몰골뿐이었다. 그런 제자의 공부만 챙기는 스승의 한결같음에 철없던 시절의 회의나 의심은 또 얼마나 가소로운 것이었는지….

사찰 안에 심어졌던 은행나무 묘목들이 제법 굵은 몸으로 바뀌고 샛노란 잎들을 흐드러지게 매달기 시작하던 어느 늦가을이었다. 저녁 석양이 은행잎들을 더욱 짙게 물들이고 있었고 모처럼 찾은 단양의 사찰에서 불사를 기념하는 법회가 막 끝난 참이었다.

오랜 시간 가부좌로 앉아 있던 몸을 추스르고 다리의 피 흐름을 도우려 사람들이 주섬주섬 법당 문밖을 나서는 중이었다. 앞선 스승을 따라 절 마당에 내려서자 두려운 고요가 주위에 내려앉았다. 게으름과 방일한 생활을 나무라는 스승의 일갈이 예상되던 순간이었다.

"적정아!"

"예, 스승님."

"어디를 찾아 그리 헤매 댕기노? 이 절 저 절 다니며 줏어들은 거라도 있으모 한번 꺼내 봐라."

차라리 할, 방이 더 고맙게 느껴질 정도였다. 목이 메고 머릿속이 하얘졌다. 찰나가 겁으로 늘어났고 '닥터 스트레인지'에게서 포털 여는 법이라도 당장 배우고 싶은 심정이었다.

뒤이어 결정타가 명치 깊숙이 들어박혔다.

"니가 움직이는 법당이고 니 안에 대일여래가 계시는데 으데서 뭘 찾을라카노?"

구름 너머 번개가 지상으로 내리꽂히며 범혈을 통해 땅속으로 흘러들어 갔다. 이미 안에 있는 것을 왜 밖에서 찾아 헤맸을꼬? 왜, 왜, 왜!

3

죽을
때까지

배우로

살고
싶다

무대는 여전히 고향 같은 곳이다.
소극장 지하 계단 입구에서부터 맡을 수 있는
특유의 습한 냄새에 심장이 멈출 것 같은 긴장이 느껴지고
꽉 찬 객석을 앞에 두고 오른 무대 위에서 대사를 까먹는 꿈이
최고의 악몽인 걸 보면 아직도 무의식 속에서
무대는 신성한 성전으로 남아 있는 것이 분명하다.

꽃길만 걸을 순 없다

⋮

솔직히 어려서부터 배우가 되려는 꿈을 꾸었었는지 기억이 분명치 않다. 다만 유년 시절 춘천에서 자랄 때 책 읽기와 이따금 어머니 손에 이끌려 찾았던 극장에서 본 영화들에 매료됐던 건 분명한 것 같다. 지금 생각엔 최초의 동기 부여가 그 시절에 이뤄졌던 것 같기는 하다.

유년의 춘천은 평온함만 가득한 유토피아 같은 곳이었다. 소양강변의 모래톱을 따라 또래들과 맨발로 걸으며 발가락 사이에 걸리는 석영 조각을 줍거나 안개 가득한 강변에 늘어선 수양버들의 행렬에 마음을 빼앗기고 어디에서 멈출지도 모른 채 흘러 다니다 길을 잃기도 했던 몽환적인 추억들이 가득한 곳이다.

　우리 가족은 시내 한가운데 중앙시장이란 곳에 집을 얻고 아버지는 자그만 식육점을 운영하셨다. 6.25때 미군이 버리고 간 콘센트 막사와 미로처럼 얽힌 골목 중앙 통로의 좌판으로 시장 모습이 조금은 무질서하게 느껴져도 상인들끼리 인심만큼은 남달랐던 것 같다. 좁은 골목을 사이에 두고 그릇과 견과류를 파는 가게와 왕래가 잦았는데 특히 이웃했던 그릇 가게의 기억이 선명하다.

　왜냐면 그 가게엔 머리를 양 갈래로 묶은 여고생 누나가 주말과 휴일 부모님을 도우려 몇 시간씩 나와 있었는데 어린 동생뻘인 나와 자연스럽게 가까워졌기 때문이다. 나중엔 집에까지 데려가서 간식도 챙겨주고 책꽂이에 꽂힌 책들에 관심을 갖는 나에게 이런저런 질문도 하곤 했다. 그 책들이란게 아직도 기억나는데 잡지 부록으로 딸려 나온《테스》나《젊은 베르테르의 슬픔》이런 종류였다. 초등학생의 주제넘은 독서열이 맘에 들었던지 이후론 영화관에까지 달고 다녔다.

　사실 아버지 몰래 시도되던 어머니의 일탈 중에 하나가 영화관 나들이였는데 주로 국내 영화였다. 덕분에 은막을 주름잡던 스타들의 이름을 줄줄 욀 수 있었는데 특히 최무룡,

허장강, 박노식, 황해 선생님과 같은 분들은 요즘 2세들과 함께 공연하거나 인연이 돼서 감회가 남다르다.

하지만 그 누난 요즘의 젊은이들과 마찬가지로 세련된 외국 영화를 선호했다. 아직도 누나와 들어서던 극장 안 냄새와 상영 직전 영화에 대한 기대로 두런거리던 사람들의 기분 좋은 설렘이 느껴진다.

어느 날 낯선 외국어로 타이틀이 소개되던 어떤 영화를 처음 보게 되던 날이었다. 영화 보는 내내 잉크처럼 파랗게 물든 바다의 일렁거림과 트럼펫 소리에서 느껴지는 낯선 이국정서 그리고 화면을 한가득 메운 주인공의 바다를 닮은 눈빛. 사내의 입에서 조용히 흘러나와 온 극장 안을 가득 메우던 낮은 음성이 말 그대로 내 영혼을 잠식하고 말았다. 사내의 운명이 불행으로 결말지어지고, 트럼펫 소리의 여운에 갇힌 채 집으로 돌아온 어린 나는 어느새 이불을 머리끝까지 덮어쓴 채 영화 속 사내의 입에서 쏟아지던 낯선 외국어를 흉내 내고 있었다.

물론 나중에 그 영화가 프랑스에서 만들어진 〈태양은 가득히〉였고, 어린 나를 매료시킨 주인공이 '알랭 들롱(Alain Delon)'이란 불세출의 미남 배우였단 사실을 알게 됐지만, 배우 본능의 시작이 바로 흉내 내기란 관점에서 나를 연기자의 세계로 이끈 첫 스승이 그였단 사실은 세월이 한참 흐른 뒤에야 겨우 깨달았다.

연기 교육 쪽에도 몸담아 보니 요즘 주변에서 자식들의 진로 걱정으로 상담을 부탁해 오는 일이 자주 있다. 상담이라지만 염려 반 걱정 반의 넋두리가 대부분이다. 아이들은 간절히 배우의 길을 가길 원하는데 성공의 보장이 힘들지 않느냐, 그럴 바에야 예측 가능한 세상이 약속한 상식적인 삶의 행로를 택하는 게 안정적이지 않느냐는 게 그분들의 주된 생각이다.

하지만 궁금해진다. 진짜 그런 분들에게는 삶이란 게 결론을 미리 알 수 있는 펼쳐진 책과 같은 것이었는지 말이다. 만일 그랬다면 과연 그분들 중 지금의 배우자를 선택할 사람이 몇이나 될까? 물론 꽃길만 걷길 원하는 부모 마음을 전혀 이해 못하는 건 아니다.

많은 젊음들에게 삶은 불투명하고 불안한 어떤 것으로 느껴지지 십상이다. 하지만 그런 인생을 살고 있는 젊음들이기에 성패를 떠나 삶을 실험해 볼 권리 정도는 있지 않느냐는 게 내 생각이다. 물론 개중엔 어려서부터 철저히 설계된 인생을 살아야 하는 드라마 〈스카이 캐슬〉 속 아이들처럼 불행한 경우도 있긴 하다. 하지만 어느 누구에게든 인생의 경험들은 결국 미래의 어느 순간 우리의 모습을 결정짓는 퍼즐 조각 같은 것이다.

아이들이 자신의 꿈에 관해 얘기할 때 그들을 사로잡은 것이 무엇인지 얼마만큼 그들을 매료시켰는지 관심 깊게 물어봐 주었으면 한다. 무의식 속에 심어진 강렬한 경험 하나가 언제 어떻게 발아할지 아무도 모르는 일이니까.

내 인생의 변곡점

⋮

당신이 최고로 꼽는 배우는 누구인가? 심심찮게 듣는 질
문이다. '브루노 간츠(Bruno Ganz)'란 스위스 태생의 배우가
있다. 모국을 떠나 주로 독일을 주 무대로 활동했던 배우
다. 〈베를린 천사의 시〉로 국내에 소개됐던 '빔 벤더스(Wim
Wenders)' 감독의 영화에서 주연을 맡았던 배우이자, 누군가
가 최애 배우를 물어오면 리스트의 상위에 꼭 올려놓는 배우
다. 그가 나오는 영화를 처음 보게 된 건, 88년 일본 도쿄 신
주쿠의 '타이니 앨리스'라는 소극장에서 열린 국제 연극제를
취재하러 갔다가 현지 배우의 초대로 며칠 그의 집에 머물게
되면서였다.

연극제가 끝나고 한국의 참가자들이 모두 돌아가자 혼자 남은 내 거취가 궁금했던 일본의 청년단 소속 한 배우가 숙박비도 아낄 겸 자신의 집에 머무르는 게 어떠냐는 제안을 해 왔다. 야마우치란 동갑내기 배우였다. 비록 국적은 다르지만 같이 연극을 한다는 동질감 탓인지 첫날 환영 파티 때부터 서로 이물감이 없었다. 언제나 싱글싱글 웃으며 사람을 대하던 그는 연극제 기간 내내 자주 말을 걸어오곤 했는데 같은 연극배우면서도 부산 지역 방송사 리포터 명함을 가진 나를 조금은 신기해했다. 사실 일본행 공짜 티켓이 생긴 것도 그 신분 덕이었다.

하지만 그때까지만 해도 몰랐다. 그것이 환장할 알코올 파티의 시작을 알리는 초대임을. 대낮 동안 리포터란 신분에 맞게 일본의 소극장 운동 현황을 취재하러 다닐 수 있었다. '타이니 앨리스 페스티벌(Tiny Alice Festival)'이란 연극제를 후원했던 일본 연극계의 존경받는 실력자의 배려 덕분이었다. '니와상'이란 분으로 한일 양국 간 연극 교류에 상당한 기여를 한 분이었다.

어쨌거나 취재를 하며 연극에 관련한 얘기뿐 아니라 일본 사회 전반에 걸쳐 이것저것 전해 들을 수 있었는데 당시 일본에서 생겨난 재미난 현상 중에 하나가 소극장 연극의 붐이었다. 서양 문화를 동경하던 젊은 청년들이 머리를 금발로 염색한 채 서핑 보드를 끼고 해외의 서핑 성지를 탐험하는 게 당시 유행이었는데 어느 날인가부터 아마추어 동인들끼리 소극장을 빌려 자신들만의 공연을 올리는 유행으로 바뀌기 시작됐던 것이었다.

연기에 생판 초짜거나 말거나 무대에 올라가 스포트라이트를 받으며 서툰 연기라도 펼쳐 보이고 끝난 후 박수를 받는 일. 그걸 사람들이 좋아하기 시작했다는 것이었다. 대본 혹은 작품의 완성도 따윈 안중에도 없는 듯했다. 일본의 흔한 만화에서 줄거리를 차용하기도 하고 SF에 가까운 개인의 상상력도 이야기로 꾸며져 무대에 올려졌다. 관객은 그들의 무모하고 과감한 도전에 박수만 보내면 됐다. 그리고 공연이 끝난 후 꽃다발이나 간단한 선물 꾸러미로 무대에 선 이들을 위로하고 축하하면 그만이었다. 공연이 끝난 후 "요깠다(좋았어)" 혹은 "오메데또(축하해)"를 연발해 주면 분장한 채로 지인들과 사진을 찍는 출연자들의 얼굴엔 영화제 연기상 수상자의 상기된 표정이 지어졌다.

이 치기 어린 유행을 어떻게 해석해야 하나 꽤 고심했던 기억이 난다. 막말로 매일 끼니 걱정해 가며 연극 노동자의 고단한 삶을 살던 자에겐 하나의 충격이었다.

예술로서의 연극은 종교에 비유되곤 했다. 연극 현장 특히 무대는 신성한 곳이었다. 늘 엄숙주의의 틀로만 바라봐 오던 신성한 작업. 그런데 그들이 진지함이나 고민 1도 없이 연극을 대하는 게 솔직히 화가 났다. 그러면서도 배가 아팠다. 사실 모든 인간의 삶은 하나의 이야기이고 인간은 자동적으로 타고난 이야기꾼들이다. 아무런 제약 없이 누구나 삶을 이야기할 수 있는 행위가 그런 예술 형식이 바로 연극인 것이다. 그러니 연극의 대중화는 모든 연극쟁이들이 신봉하는 슬로건에 가까웠다. 그런데 이웃나라에서 그 슬로건이 현실로 이뤄지고 있었던 것이다. 누가 앞장서 주창한 것도 아닌데 말이다.

쓸쓸한 기분을 스스로 다독이며 머물기로 한 일본인 친구의 집을 찾았다. 아직도 기억난다. 도쿄 시내에서 전철로 40분 정도 떨어진 외곽의 다카다노바바란 지역이었다. 주소를 찾아 헤매다 공중전화로 그에게 도움을 청했다. "코맛데루 데쇼(난처했죠)?" 예의 그 사람 좋은 웃음을 띤 채 자전거를 타고 그가 마중을 나왔다. 찾아 헤매느라 고생하지 않았느냐는 걱정 어린 안부를 물으며 말이다. 낮 동안의 일정으로 파김치가 된 내게 그는 저녁 식사를 했는지부터 물었다. 약간 출출하다고 했다. 그럴 줄 알았다는 듯 고개를 끄덕이며 그가 냉장고 문을 열어 보여준 건, 할렐루야! 슬라이스된 돼지고기였다.

싱글이었던 그도 자취에 이골이 난 듯 상차림 속도가 예사롭지 않았다. 순식간에 다시마와 쯔유로 육수를 내더니 온갖 야채로 샤부샤부를 준비했다. 상차림에 만족한 듯 둘러보던 그의 눈이 순간 반짝였다.

"이상 오사케데모(이 선생 술이라도)…?"

이 정도 안주면 반주가 당연하지 않느냐는 눈치였다.

"하이, 이이데쓰(네, 좋아요)."

배우들은 염치를 퇴치하는 걸 빨리 배운다. 1차 출격은 일본주 됫병이었다. 맥주잔에 그득 따라진 사케를 보며 둘 다 절로 흐뭇한 미소를 지었다. 낮 동안 생계를 위해 편의점 알바를 해야 했던 그도 어지간히 술이 고팠나 보다. 첨언하자면 연극제 기간 동안 만났던 베트남과 중국 등지에서 온 모든 연극 노동자들의 유대감은 알코올이라는 신의 음료를 통해 이어졌다.

우린 단숨에 첫 잔을 비웠다. 육수 속에서 건져 올린 숨 죽은 야채 그리고 누린내 제로의 돼지고기로 어느 정도 배가 차자 연기 얘기로 화제가 옮겨갔다. 둘 다 배우이다 보니 당연한 얘기겠지만, 우선 선호하는 배우를 물었다. 당연한 듯 할리우드 배우 중에서 1차 순위가 매겨졌다. 요즘 대중들에게는 올드 스쿨 스타에 속하는 말론 브란도(Marlon Brando), 로버트 드 니로(Robert De Niro), 알파치노(Al Pacino)와 몇몇 연기파 배우들의 이름이 공유되며 하이파이브를 나눴다. 그때마다 '건배'와 '간빠이', '치얼스'가 난무했다.

그러다 갑자기 유럽으로 무대가 옮겨졌다. 고작 어릴 적 TV속 명화극장에서 봤던 로런스 커 올리비에(Laurence Kerr Olivier), 앤서니 퀸(Anthony Quinn), 알랭 들롱(Alain Delon), 장폴 벨몽드(Jean-Paul Belmondo), 소피아 로렌(Sophia Loren) 정도가 기억하던 유럽 배우 이름의 전부였던 나는 잠시 쪼그라들었다. 그는 소장하고 있던 유럽 영화 컬렉션을 언급하며 자랑스럽게 보여주겠다고 했다.

'뭐야 이 자식? 가난한 배우 주제에 무슨 돈으로 이렇게 많은 작품을 모았지?' 마음속 시기와 질투를 숨기며 컬렉션들을 봤다. 인생 최고의 열연을 펼치며 부러움을 숨겼다. 아

는 작품이 하나도 없었다. 그가 컬렉션 한 것 중 한 편을 고르
며 같이 보겠느냐 물어왔다. 거절은 결례다. 신이 난 그가 싱
크대 밑의 주류 창고를 열어 보였다. 영화 감상용 주류를 선
택하란 거였다.

한 번 더 패배감을 느꼈다. 아! 한일 간의 우호 증진은 물
건너가고 이유 모를 전의가 끓어올랐지만 숨겨야 했다. 최대
한 정중하게 그의 주류 창고 개방에 감사하며 감탄사도 함께
날려줬다. 가난한 한국의 연극배우 그것도 지방에서 활동 중
이었던 배우 눈엔 진짜 '스고이(엄청나)!'였다

3L는 됨직한 대항해 시대 럼주병을 연상시키는 산토리
위스키병이 우선 눈에 띄었다. 거기에 씨바스 리갈, 이름도
들어본 적 없는 와인에 코냑에 맥주까지…. 누가 '부러우면
지는 거다'라 했는가? 이 정도면 완패다.

한 평 반 남짓한 다다미방에 시사실이 차려졌다. 원제
는 〈베를린의 하늘〉로 국내에서는 〈베를린 천사의 시〉로 알
려져 꽤 많은 마니아들을 확보하고 있는 작품이었다. 프레임
하나하나가, 인간을 사랑한 천사가 날개를 포기하고 고통의
바다 인간계로 내려온다는 설정이, 존재감 가득한 배우들의
일거수일투족이 보는 내내 감성을 지배했다.

영화 〈파리 텍사스〉로 이미 국제적으로 연출력을 각인
시킨 감독이었지만 이번 영화를 만든 재주만큼은 질투가 나
서 미칠 지경이었다. 영화가 한 편의 시로 다가온 뭉클한 순
간이었다. 둘 다 술잔을 손에 쥔 채 언제 곯아떨어진 지도 모
르게 시사회는 끝났다.

전장을 방불케 하는 광경이 다음 날 아침 햇살 아래 펼
쳐졌다. 심각한 내상을 입었음에도 눈을 뜨자마자 서로의 몰
골을 보며 우린 창자가 끊어지도록 웃었다. 한국으로 돌아온
뒤로도 몇 번인가를 더 봤다. 복사본도 소장했다. 어느 새 영
화와 감독의 열혈신도가 되어 있었다. 마침 독일에 유학 중
이던 한 선배에게 연락해 주연을 맡았던 '브루노 간츠'의 필
모그래피를 조사해 줄 것을 부탁했다. 얼마 뒤 그의 특집 인
터뷰 기사가 실린 잡지 한 권과 다양한 언론 인터뷰들이 한
글로 번역되어 도착했다.

그도 역시 무대배우로 출발했다. 유럽에선 파우스트 역
을 잘 소화해 배우로서 명성을 얻었다고 했다. 그의 깊디깊
은 존재감을 이해할 수 있는 단서였다. 하지만 영화를 시작
하게 된 계기를 묻는 질문에 그가 한 대답은 뜻밖이었다. 그
때까지 연극에 올인하기로 하고 달려왔던 가치관을 뿌리째

흔들어 놨다. 예술가에게 '자유'란 어떤 의미를 갖는 걸까?

그의 대답은 이랬다. 답답한 극장에서 일 년 내내 같은 레퍼토리를 반복하는 게 질렸고 로케이션이 잦은 영화를 하게 되면 여러 곳을 떠돌 수 있을 것 같아 무대를 떠났다고 했다. 의외의 대답이었지만 며칠을 두고 화두처럼 머리를 떠나지 않았다.

나 역시 안정된 작업 환경과 생계 보장을 찾아 들어갔던 시립극단에서 튕겨져 나올 때 그의 인터뷰가 적잖은 영향을 끼쳤다는 걸 한참 뒤에야 깨달았다. 한 씬짜리 독립영화 단역에서 상업영화 단역으로 그리고 지금에 이르기까지 배우로서의 이력에 변곡점을 만들어 준 이가 바로 '브르노 간츠'였던 것이다.

식상한 표현이지만 무대는 여전히 고향 같은 곳이다. 소극장 지하 계단 입구에서부터 맡을 수 있는 특유의 습한 냄새에 심장이 멈출 것 같은 긴장이 느껴지고 꽉 찬 객석을 앞에 두고 오른 무대 위에서 대사를 까먹는 꿈이 최고의 악몽인 걸 보면 아직도 무의식 속에서 무대는 신성한 성전으로 남아 있는 것이 분명하다.

인생이란 드라마는 뜻밖의 복선을 잔뜩 감추고 있다. 의외의 등장인물들도 타이밍을 살피며 출연을 기다리고 있다. 일본에서 만난 친구 '야마우치'가 그리고 독일의 배우 '브루노 간츠'가 등장하면서 그들과 함께 공연하는 드라마로 인생은 방향을 틀었다. 우리가 주연을 맡은 이 드라마는 사실 스스로의 손에 의해 쓰인다. 드라마의 각본도 배경도 등장인물도 사실 우리가 모든 것을 결정한다는 것을 믿을 수 있겠는가? 고백하자면 삶 속에 등장하는 모든 사람이 내 최애 배우들이다. 그들 없이는 삶이란 드라마도 존재하지 않기 때문이다.

삶 속에 등장하는 모든 사람이 내 최애 배우들이다.
그들 없이는 삶이란 드라마도 존재하지 않기 때문이다.

위대한 형님, 셰익스피어

:

2021년 영국 아카데미상(British Academy Film Awards) 시상식에서 영화 〈미나리〉로 여우조연상을 수상한 윤여정 선배의 수상 소감이 화제가 됐다.

"스노비시(snobbish, 고상한 체하는)한 영국인들에게 인정을 받은 것 같아 기쁘다."는 촌철살인에 폭소와 박수가 따랐다. 딱히 영국인들에게 악감정이 있는 것도 아닌데 선배께서 그들에게 뭔가를 제대로 먹인 듯한 통쾌함이 느껴졌던 건 왜일까?

이 멘트를 듣자마자 수상식 진행을 맡았던 흑인 사회자마저 앞으로 고꾸라질 듯 큰 웃음을 터뜨렸다. 분명 "인정, 어

인정"의 자세였던 걸로 보아 영국인들의 'snobbish'함은 스스로도 자각하고 있는 걸로 보인다. 사실 입장 바꿔 보면 그들의 잘난 척하는 영국병은 역사에 뿌리를 둔 근거 있는 자신감 때문이 아닐까 생각한다.

한때 해가 지지 않는 대제국이었던 나라, 오늘날 세계 최강국으로 군림하는 미국을 식민지로 뒀었던 나라. 그리고 산업혁명의 발생지이자 제2차 세계대전 중 나치 독일에 마지막까지 맞섰던 유럽 최후 보루로서의 자긍심, 현재 한국인들이 열광하는 잉글랜드 프리미어리그(EPL) 등등해서 영국인들이 거들먹거릴 만한 근거는 차고도 넘칠 것 같다. 무엇보다 '윌리엄 셰익스피어(William Shakespeare)'라는 걸출한 대문호를 배출한 나라라는 지점에 가면 개인적 견해이긴 하지만 그들의 높은 콧대를 인정하지 않을 수 없다.

'토머스 칼라일(Thomas Carlyle)'이 "셰익스피어와 인도 중 하나를 포기해야 한다면 인도를 포기하는 게 낫다."라고 했다는데 저작권 수입을 미리 예상한 잔머리에서 나온 말씀은 아닐 테지만 암튼 셰익스피어 관련해 지적재산권으로 영국이 벌어들여온, 그리고 앞으로 벌어들일 수입을 생각하면 그의 허세가 어느 정도 수긍이 간다.

조사에 의하면 세계 어느 나라에선가는 매일같이 이 위대한 글쟁이의 작품이 무대 위에 올려진다니 해가 지지 않는 대영제국의 전설이 그에 의해 지켜진다 해도 과언이 아닐 듯싶다. 과한 주문 같지만 글 좀 쓴다면 이 양반을 롤 모델로 삼아보는 것도 괜찮지 않을까 싶다.

굳이 작가 지망생이 아니더라도 '레오나르도 디카프리오(Leonardo DiCaprio)'를 세계적인 워너비 썸남으로 만들어 준 영화 〈로미오와 줄리엣〉으로 이 작가와 면을 튼 분들이 많을 걸로 짐작한다. 만일 그렇다면 내친김에 1990년 '프랑코 제피렐리(Franco Zeffirelli)' 감독, '멜 깁슨(Mel Gibson)' 주연의 영화 〈햄릿〉도 한번 보는 것을 추천한다. 영국, 프랑스, 독일, 한국, 중국, 러시아 출신의 여러 햄릿을 봤지만 호주 태생의 멜 깁슨이 분한 〈햄릿〉이 제일 직관적으로 다가오기 때문이다.

이렇게 영화로 셰익스피어라는 장인이 설치해 놓은 격정의 덫에 빠져 한 번 흔들리고 나면 그의 희곡에 손을 대 보고 싶은 용기가 생길지 모른다.

사실 권하고 싶었던 것은 바로 이 셰익스피어의 희곡 읽기다. 400년도 넘은 역사 속 인물의 작품을 그것도 익숙하지 않은 희곡으로 읽는 게 썩 내키지 않을지도 모르겠다. 하지만 약 좀 팔자면 당신의 인문학적 지식의 경계가 넓어지고 정신세계가 고상해지는데 밑져야 본전 아니겠는가?

이렇게 강추하는 데는 그만한 이유가 있다. 그는 10대를 거쳐 청년과 중장년 그리고 노년에 이르도록 인간의 어떤 어리석음이 불행과 절망을 자초하는지 너무도 명확하게 보여준다. 그리고 그 교훈의 가치는 시대를 뛰어넘는다.

셰익스피어 작품의 극적 구성이 너무 단순하다고 지적하는 견해들이 있는 걸로 아는데 발치도 못 따라갈 비평가들의 입방아로 묵살해도 좋다. 다채로운 캐릭터들과 사건의 폭발적인 힘이 얼마든지 흥미를 뒷받침해주니 말이다. 10대의 사랑은 물불을 가리지 않는다고 하지만 죽음 정도는 가뿐히 뛰어넘어야 사랑 좀 했다 할 수 있지 않느냐며 〈로미오와 줄리엣〉으로 한 수 가르침을 시전한 뒤, 정의를 실현코자 하는 원대한 이념도 당사자가 복수를 비롯한 개인적인 집착과 망상에 시달리다 보면 결국 뒤끝이 엉망이 된다는 가르침을 〈햄릿〉을 통해 전수한다.

이 장면에서 우리는 이 땅의 청년 정치인들의 성장과 몰락이 절묘하게 오버랩 됨을 볼 수 있다. 〈맥베드〉에 가면 많은 사람들이 소름 끼쳐 할 문제적 장면들이 등장한다. 권력욕에 불타던 맥베드가 초현상계의 세력들로부터 권좌에 오르는 비법을 전수받아 쿠데타를 일으키는데 그의 우유부단함을 나무라며 실행의 결단을 강요하는 게 바로 그의 부인이다. 결국 멕베드는 몰락의 길에서 인생이란 결국 꺼져가는 촛불이고 한갓 걸어가는 그림자이며 무대 위에선 한없이 까불다 결국 쓸쓸히 퇴장하는 배우에 불과함을 토로하고야 만다. '화무십일홍 권불십년'을 깨닫지 못하는 이 땅의 정치인들에게 꼭 읽히고픈 작품이다.

요즘 들어 '웰에이징(WELL-AGING)'이란 소리를 심심찮게 듣는다. 늙어도 곱게 늙어야 한단 말로 해석된다. 노욕에 물들어 자신을 위해 쓴소리하는 사람 내치고 아첨꾼들을 곁에 두면 인생의 말로가 어찌 되는지를 너무도 드라마틱하게 보여 주는 작품이 바로 〈리어왕〉이다. 죽음에 수렴해 가는 과정에서조차 나잇값 못하고 세상을 어지럽히는 어르신들이 읽어 두면 귀감이 될 듯하다.

재물욕에 눈이 먼 사람들에겐 〈베니스의 상인〉을 소유욕에 사로잡힌 사랑이 어떤 파국을 부르는지 극상의 막장 치정극을 보려면 〈오델로〉를 읽혀 인생 도처에 깔린 부비트랩을 피하도록 셰익스피어라는 장인은 각 인생별로 맞춤형 독

서 컬렉션을 완성해 두었다. 이쯤 되면 인간이란 존재 자체
를 꿰뚫어 보는 그의 혜안은 가히 영험하다 하겠다. 사족으
로 가끔 그의 글에서 '신빨'이 실린 느낌을 받는 것도 그 때문
이 아닐까 망상에 빠져 본다.

몽골에서 부활한 '미와경부'

:

'미와 와사부로', 대일본제국 육군기병으로 조선에 건너와 종로경찰서 고등계형사로 입신한 사내! 조선인들 사이에서 '염라대왕'으로 불리며 수많은 독립운동가들을 사찰, 구금, 체포, 고문했던 악독한 일제 탄압의 상징과도 같던 인물!

그리고 시청률 50%에 육박했던 대박 드라마 SBS〈야인시대〉에서 숙적 김두한을 집요하게 괴롭히며 전 국민의 미움과 분노의 대상이 됐던 구타유발자, 미와 와사부로! 한동안 잊고 있던 그를 내 머릿속으로 다시 소환한 건 몽골의 허허벌판이었다.

한국과 몽골의 합작 영화〈남으로 가는 길〉촬영을 위해 몽골에 머물 때였다. 〈남으로 가는 길〉은 북한군의 추격을 피하기 위해 몽골을 통해 탈북에 성공한 한 가족의 탈북 스토리를 다룬 작품이었다. 아름다운 몽골 초원의 풍경과 몽골인들의 따뜻한 마음, 남북한의 가슴 아픈 역사, 탈북민의 암담한 현실 그리고 몽골 국경수비대의 인도주의적인 모습이 담겨 있다.

이 영화가 나에게 더 특별했던 이유는 2010년 G20 부산 정상회담 기간 동안 몽골에서 사업 중이었던 친동생이 중몽 탈북 루트를 취재하던 한 방송사의 취재팀을 도와 탈주를 성공시켰지만, 동생은 몽골 국경수비대에 체포돼 간첩 혐의로 중형에 처해질 뻔했던 적이 있다. 다행히 양쪽 정부의 협상으로 모든 자산을 몰수당한 채 추방당하는 통한의 사연을 안고 있었기 때문에 더 열심히 촬영에 몰입할 수 있었다.

그런데 한국도 아닌 몽골의 벌판에서 나와 마주친 한 몽골인 입에서 튀어 나온 단어는 '새우깡'도 비의 〈깡〉도 아닌 분명 '미와경부'의 최고 유행어 '킨토깡'이었다.

사실 미와경부는 전 국민의 돌파매질을 각오하고 몰입했던 배역이었지만 실제 미와는 묘한 이중성을 지닌 인물이었다. 악명과는 달리 그의 취미는 다도와 꽃꽂이였고(작가님께서 이걸 살렸으면 어땠을까?) 불교 선종에 심취한 불자였다. 그런가

하면 월남 이상재 선생을 아버지라 부르기도 했고 만해 한용운 선생을 존경하고 조선어에도 능숙했던 지한파이기도 했다.

어쨌거나 애증의 배역을 기억하고 엄지를 치켜세우며 대사까지 외쳐 주는 몽골인이라니! 드라마와 관련된 기억들이 주마등처럼 떠올랐다. 시청률이 올라갈수록 시청자들의 미움은 커져갔지만 미와경부 덕분에 온라인상에서 만 명이 넘는 팬클럽이 배우 인생에 처음 생겨났다.

뿐만 아니라 악역임에도 불구하고 작가와 연출가 심지어 촬영감독의 신임과 사랑도 받았다. 사람들이 몰라줘도 일본의 속내를 우리 국민들이 똑바로 꿰뚫어 보기를 바랐고 오버에 가까울 정도로 연기에 힘을 쏟아부으며 소명의식을 달군 보상도 받았다. 배우로서의 입지도 올라가고 가족을 위한 경제적 안정도 얻었으니 말이다.

그런 일들은 벌써 20여 년 전의 기억. 그런데 이 낯선 몽골땅에서 미와경부가 부활하다니. 아, 위대할사, 한류 콘텐츠여! 문득 매사에 행위의 동기를 선하게 가지라던 티베트 불교의 가르침이 떠올랐다. 그리고 물을 수밖에 없었다. 20여 년의 세월이 지났음에도 이 낯선 땅에서 지난 카르마의 잔영이 펼쳐지는 까닭은 무엇인지.

마음을 훔친 그녀들의 이름

:

같은 작품에 출연한 여배우들 중에 누가 제일 예뻤냐는 질문을 심심찮게 받는다. 연예인에 대한 대중의 호기심이야 어쩔수 없다 치더라도 같은 업계의 동료, 선후배를 외모로 평가해 달라는 주문은 당혹감을 넘어 이런 질문에까지 답해야 하나 싶어 비애감마저 느껴지기도 한다. 그러나 어쩌랴. 대중의 환상 속에 사는 자들의 숙명이려니 해야지. 앞서의 질문에 대개는 당신들의 눈이 기준이고 취향이 잣대니 알아서들판단하라고 대충 얼버무리고 만다.

하지만 이 정도의 방패는 예상했다는 듯 질문은 집요하고도 짓궂게 이어진다. 흔한 미인대회의 심사 기준을 다 적

용시키려는 듯 몸매, 패션 감각과 사회성 급기야는 인간성까지 물어온다. 솔직히 연기력은 출중하나 미모로 대중에게 회자되는 일이 없는 배우들에겐 미안한 얘기지만 이른바 '한 미모'에 대한 자신이 없으면, 누가 이쪽 세계를 넘보겠는가? 단순하지만 '당신 눈에 예쁜 사람은 내 눈에도 예뻐 보인다.'가 가장 적확한 답이 아닐까 싶다.

사실, 뇌과학에 대한 약간의 상식만으로도 우리 눈에 비친 세계라는 상은 사실은 있는 그대로의 실상이 아니라 시각 정보에 대한 뇌의 해석에 불과하다는 사실을 알 수 있다. 그런데 '예쁨' 혹은 '아름다움'과 같은 지극히 주관적이고도 추상적인 느낌들에 서열과 우위를 매겨 달라니 그 곤혹스러움의 크기가 가늠되시는지? 존경하는 대선배 한 분께서 어느 날 신인 배우들의 얼굴을 익히기가 힘들다며 불평을 늘어놓으셨다.

"아니 어느 놈이 어느 놈인지 당최 구분이 가야 말이지. 뭘 그렇게 찢고 꿰매고 풍선처럼 부풀리고 난리들이야. 배우가 연기에는 집중하지 않고 말이야!"

미모에 집착한 나머지 연기력 부족을 심각하게 받아들이지 않는 일부 젊은 세대 연기자들을 나무라신 말씀이지만 공감되는 부분이 적지 않다. 성형이 보편화되면서 생겨난 재미난 현상 중에 하나가 세대별로 비슷한 이미지를 지닌 여배우들이 자주 등장한다는 사실이다. 눈매는 누굴 닮고 하관은 누굴 연상시키며 전체적인 분위기는 누구랑 비슷하다는 식이다. 부정적으로 말하자면, 미적인 자기만족도 때문에 개성을 상실한 안타까운 경우가 더 많이 늘어난 게 아닌가 싶다. 실제로 성형 전후의 이미지 변화로 배역에 한계가 생긴 몇몇 후배들을 보며 너무 아쉬웠던 기억이 생생하다.

이제껏 여배우들의 미모 따윈 안중에도 없는 듯 탈세속적인 듯 지껄여댔으니 이제부턴 양심 고백의 시간이다. 사람들이 예쁘다고 말하는 배우들은 당연히 똑같이 예쁘다고 느낀다. 하지만 정원의 장미와 산속 바위틈에 핀 야생화가 다른 아름다움을 지니듯 개인적인 기준에 따라 선호하는 여배우들이 분명히 존재한다.

우선 진희경과 조민수. 두 여배우는 화면 속에서 감정을 깊이 있게 담아낼 수 있는 그윽한 눈빛을 타고났다. 애수 가득한 그녀들의 눈동자는 하늘의 선물이자 그녀들을 아끼는 이유다. 특히 진희경의 천진난만하고 유쾌한 성격은 그 눈빛과 너무도 대조적이라 더 매력적이다. 또 너무도 착할 것만 같은 오연수. 가정과 자기관리까지 어느 것 하나 빈틈없는 그녀지만 김남길과 호흡을 맞춘 〈나쁜 남자〉를 보며 경악했던 기억이 난다. 작품 속에서 그녀는 분명 아름다운 여배우였다.

우아한 김미숙. 그녀는 악역을 해도 우아해 보인다. 그녀와 함께 작품을 하며 대기실에서 나눈 얘기가 아직도 인상 깊게 남아 있다. 그녀는 두 군데의 흉터를 보여줬던 것 같다. 하나는 무릎이었고 또 한 군데는 이마 어디쯤이었던 것 같다. 아무튼 그 흉터들을 성형으로 얼마든지 지우거나 가릴 수 있음에도 불구하고 흉터 또한 그녀 삶의 한 조각이기 때문에 그대로 간직하며 살아간다고 했다. 이야기를 들으며 다음 생에 그녀와 연인으로 만나고 싶단 생각을 했었다.

그리고 故 장진영. 다른 기억은 별로 없다. 촬영장에서 반짝이던 아기를 닮은 눈동자 그리고 환했던 웃음. 마지막 촬영 때 스스럼없이 먼저 다가와 "선배 수고하셨어요"라며 가벼운 포옹과 함께 전해 주던 위로가 기억에 영원히 박제된 아름다운 여배우.

이원종의 담뱃대

:

그를 마주하면 대개는 시야를 압도하는 존재감에 주눅이 들게 마련이다. 183cm가 넘는 키에 100kg에 육박하는 체중이라면 추가 설명은 필요 없으리라. 키는 그렇다 치더라도 체중에선 무려 두 체급 이상의 차이가 난다. 누가 봐도 상대적인 열세다. 이 극강의 적수는 배우 이원종이다.

그와 마주한 채 초저녁부터 정면승부를 택한 것이 슬슬 후회되기 시작한다. 토너먼트에 참가해 젊은 체력과 주력을 앞세워 준준결승에라도 진출해 보고자 애쓰던 후배들도 쓰러진 빈병들처럼 깊은 내상을 입은 채 링을 내려갔다. 주점 안의 전등들이 수시로 깜빡거리기 시작한다. 이미 체력적으로나 정신적으로 한계에 가깝다는 신호일 것이다. 어떡하든 정신을 붙들어매야 한다.

그럼에도 상대의 공세는 멈출 줄 모른다. 코너에 몰아넣고 혼합주로 시야를 적당히 흐린 뒤 듣는 이로 하여금 웃다가 딸꾹질까지 하게 만드는 현란한 말솜씨로 대적하는 누구든 그로기로 몰고 간다. 그런데 이런 위기에서도 그에게 홀린 듯 무방비로 공격을 받아내며 히죽거리고 있는 모습이라니! 우습기 짝이 없다.

"엉아."

아까까지의 "형님"이 아니다.

예의 깍듯한 후배에서 한배에서 난 친동기처럼 살갑게 변신하겠다는 신호탄이다. 아, 95kg짜리 거한이 찰나에 애교덩어리로 변신하는 깜짝쇼! 이래서 배우인가 보다. 드디어 결정타를 날릴 준비를 마쳤나 보다. 거한의 얼굴 위로 볼우물이 깊게 파이며 가지런한 이빨들이 드러난다. 다가온 승리를 미리 맛보는 중인가?

"엉아는 술 마시는 거 빼고 삶의 도락이라 할 만한 게 뭐가 있었어?"

예상외의 엉뚱한 공격이지만 생각해 보니 별게 없다. 달리 반격할 거리가 없다고 고백했다.

"난 말야, 엉아. 촬영 비는 날 내 서재에 갖다 논 침대 위에 누워서 아무것도 안 하고 열린 창문으로 하늘 바라보며 담배 한 대 피우는 거. 그기 고마 지상 최고의 행복 인기라."

게슴츠레 눈을 뜬 채 어설픈 경상도 사투리까지 동원한 그의 고백은 흡연자들이면 누구나 고개를 끄덕이게 했다. 하지만 그의 이런 소소한 삶의 도락은 아내의 극렬한 반대에 부딪혔다. 건강상의 이유는 물론이고 가족의 성별 구성비가 3대 1인 상황에서 온 집안에 담배 냄새가 진동한다면 남들이 어떻게 생각하겠냐는 이유였다.

아내 몰래 피고 냄새 제거제와 방향제의 도움을 받으면 되지 않을까, 첨엔 단순하게 생각했다. 하지만 창문을 열고 피면 맞바람에 연기가 집안으로 들이쳤고 담배 한 대 피고자 엘리베이터를 타고 오르내리며 아파트단지 내의 흡연구역을 찾아 헤매는 것도 모양이 빠지는 일이었다.

결국 저항을 포기했다. 나란히 서면 작고 단아한 그녀와 거구인 그의 모습은 누구나 별당아씨와 머슴을 떠올리게 했다. 더구나 6살 연상을 보쌈 해 온 처지인지라 더더욱 고분할 수밖에 없었다. 그동안 가정을 돌보느라 불철주야로 고생해

온 가장, 그것도 명색이 예술가로 치부되는 그에게 편히 누워 담배 한 모금 할 수 있는 공간조차 허락되지 않는 현실. 서글픔이 밀려왔다.

단순한 끽연만이 그가 바라는 전부가 아니었다. 그의 손때가 묻은 대본과 책들이 꽂힌 서가에 언제든 맘 편히 몸 누일 수 있는 침대가 있고 머리 위 열린 창문 너머로 툭 터진 하늘이 반드시 보여야 했다. 은은한 시가향이 배어든 헤밍웨이의 서가 같지는 않아도 묵은 책냄새와 담배냄새가 어우러진 오롯한 남자만의 공간이 그의 꿈이었는지도 모른다. 그런 꿈에 족쇄가 채이면서 그는 고뇌에 빠졌다. 절리로 둘러싸인 감옥 담 위에서 푸른 바다를 향해 몸을 날리고 싶었다. 번뇌가 깊어 가며 삶의 도락을 되찾고픈 욕망도 커져갔다.

그러던 어느 날 간절함이 하늘에 가닿는 일이 기적처럼 벌어졌다. 고향 논산, 그가 나고 자란 집 뒤에 대밭이 병풍처럼 둘러서 있었다. 가끔 들러 죽순도 따고 대밭에 부는 바람소리 들으며 고달픈 도시에서의 삶을 위로 받기도 했던 곳이다.

"어느 날 집에 내려가 그 대밭을 보는데 기막힌 영감이 떠오르더라고!"

갑자기 그의 목소리에 들뜬 흥분이 감지되며 궁금증을

쥐어짠다. 그 영감이란 게 상상이 가는가? 그는 집에 돌아가 침대 머리맡에서부터 자신의 머리 위치를 설정하고 창문까지의 높이를 줄자로 쟀다. 그리고 그 위치에서 곧장 창문 밖까지의 거리 값도 측정했다.

다음 방문 때 그의 고향집은 대나무를 이용한 DIY 작업장으로 변모했다. 제각각 굵기가 다른 대나무의 마디를 잘라 서로 잘 연결시켰다. 그리고 한가운데를 시원하게 뚫어 공기가 잘 통하게 했음은 물론이다. 완성된 모습은 2차 세계 대전 때 사용되던 잠수함의 잠망경을 상상하면 된다.

순둥한 황소눈에 보조개를 양쪽 입가에 말아 넣고 형님 대신 '엉아'라고 찡얼대는 50줄의 거한이 한 모금 끽연을 위해 혼신의 힘을 다해 대나무를 다듬는 곰살맞은 모습이 그려지며 난 배꼽을 붙잡고 바닥으로 쓰러졌다.

"진짜?"

"그럼, 진짜지."

대꾸하는 그가 진지하다 못해 성스러워 보일 뻔했다.

허파에 남은 웃음기를 겨우 걷어내는 중인데 후렴이 얹혀졌다.

"집에 돌아와 누워서 테스트를 하는데… 와 내가 예상

한 대로 모든 게 완벽하게 들어맞는 거 있지? 진짜 실내로는 연기가 한 모금도 안 들어오고 피고 난 다음 분해해서 숨겨 놓고 페브리즈 뿌리니까 이건 뭐 귀신도 눈치 못 채겠더라고…."

그가 느꼈을 환희와 전율이 쓰나미처럼 전해져 왔다.

이야기의 재미에 휘말리면서도 애써 딴지를 걸어 봤다.

"그럼 재는? 옆에 재떨이 갖다 놔야 할 거 아냐? 누워서 재 털려면 몸도 뒤집어야 하고…."

예상하고 있었던 질문일까? 가소롭다는 듯 가볍게 잽으로 응수한다.

"커피나깡통하고 철사로 까짓거 간단하게 해결했지 뭐."

아, 단 한 번 몸의 뒤척임도 필요 없는 완벽한 흡연 시스템이 구현되었던 것이다. 이쯤 되면 '졌다'란 소리가 절로 나온다. 심지어 머릿속에서 "내 동생 개구쟁이 개구쟁이 내 동생~"동요 가사가 떠오르며 그의 볼살이라도 힘껏 꼬집어 주고 싶어졌다. 맹세컨대 쉰 살 넘은 거구의 사내라도 8살 초딩처럼 숨 넘어가도록 귀여울 수 있다. 대나무연통을 이용한 그의 은밀한 기쁨은 여전한지 궁금했다. 대답 대신 촉촉한 눈망울에 오묘한 웃음을 머금은 그가 대꾸했다.

"그게 말이우… 흐흐흐."

잠시 헛헛한 웃음을 허공에 날리던 그가 털어놓은 엽기적 끽연 행각의 비극적 결말은 이랬다.

몇 주간 그는 삶의 도락을 만끽하고 있었다. 마나님도 눈치채지 못한 것은 물론이고 가족 모두의 코끝을 속이는 데도 성공하는 듯 보였다. 하지만 이웃의 눈이 문제였다. 그가 서재로 쓰는 방은 아파트 단지 내 도로와 면하고 있었다. 당연히 주민들의 통행이 빈번했다. 평소 왕래가 잦던 이웃 한 분이 창문 밖으로 빠져나온 수상한 물체와 거기서 피어오르는 연기를 발견하고 마나님께 귀띔을 했던 모양이다. 거기에 서재 입구에서 간헐적으로 포착되던 방향제와 섞인 정체 모를 냄새를 수상쩍게 여긴 마나님께서 심증을 굳힌 것이다. 불시급습이 이뤄졌고 실내 끽연의 자유가 박탈됐다.

전 국민이 다 아는 배우이자 누구보다 성실했던 한 집안의 가장. 그날이 세상에서 스스로가 제일 작게 느껴지는 날이었다고 에필로그를 달며 남은 잔의 술을 털어넣었다. 그를 따라 잔을 들다 조명 빛을 잘게 반사시키는 그의 눈망울을 본다.

'천진동자' 나이 따위가 뭔 대수였을까? 대나무 한 무더기와 끌칼 하나로 찾아냈을 그의 재미난 하루와 대숲의 바람이 천진함을 두르고 가슴으로 흘러든다. 돈과 장비를 앞세운 허세 가득한 어른들의 놀이에서 그런 고순도의 몰입감을 찾아볼 수 있을까? 애초에 그가 물었던 삶의 도락이 어렴풋이 그려졌다. 가식과 위선이 필요 없는, 오롯이 혼자 즐길 수 있는, 어릴 적 모든 걸 잊은 채 흠뻑 빠져 있던 놀이와 같은, 그러면서 기분 좋은 노래와 같은…. 그러나 그는 현재 금연 중이다.

진정한 라이벌

:

"선배님과 한 번 붙어보고 싶었습니다."

상대의 표정이 자못 심각하다. 함께 술 잘 마시다 갑자기 쌈박질하자니 날벼락도 이런 날벼락이 없다.

"맞짱 한 번 뜰 수 있는 기회를 기다렸습니다."

뭘 어쨌다고 갑자기 구타유발자가 된 건지 상대의 전의를 촉발시킨 원인을 분석하느라 머릿속이 분주하다. 갑자기 훅 치고 들어온 후배의 기습에 당장의 대답이 곤궁하다. 그런 도전이라면 얼마든지 환영이라며 쌍수를 드는 것도 우스울 터. 뭔가 그럴듯한 대답을 내놓긴 해야겠는데 영 마뜩잖다. 얼굴과 이름 정도야 알지만 막상 난생 처음 마주한 친구가 무

슨 억하심정이 있길래 갑자기 맞짱이 뜨고팠다는 걸까? 하지
만 상대의 도발은 갈수록 점입가경, 더욱 심오해진다.

"진즉 일합을 겨뤄보고 싶었습니다."

"내공의 깊이가 궁금했었습니다."

무협 액션을 찍는 것도 아니고 현대물 촬영하면서, 그것
도 서로 '으쌰 으쌰' 하기 위해 마련된 '시파티'에서 이런 고
전적인 대사까지 난무하니 껄끄럽기가 가시방석은 저리 가
라. 취기를 감안하고 요약해 보니 출세작이었던 어떤 작품
에서의 연기가 인상 깊었단다. 고마운 얘기다. 일종의 칭찬
이니 선의로 해석하고 이해한다.

하지만 둘 사이에 오가는 대화를 제삼자가 연유도 모르
고 듣게 된다면 당장이라도 시비가 붙어 멱살잡이라도 할 것
같이 오가는 한마디 한마디가 위태롭기 짝이 없다. 당연히
배우들이 살아가는 세상 그 이면을 모르는 사람들에겐 딱 곡
해하기 좋은 장면이다. 전후 사정을 생략하고 보면 살벌하기
짝이 없는 분위기의 이 그림은 사실 나잇살 꽤나 먹은 선후
배 연기자들이 나름 정겹게 담소를 나누는 장면이자 살가운
친교의 현장을 묘사한 것이다.

배우란 직업은 내재적으로 '폼생폼사'를 장착하고 있어

야 한다. 자연인으로서는 겸양의 미덕을 갖추는 게 당연하지만 무대나 카메라 앞에서 겸손하다가는 밥줄 끊긴다. 한순간에 관객들의 숨통을 틀어막았다 풀어줬다를 자유자재로 할 수 있음을 증명해야 하는데 겸손할 틈이 어디 있겠는가?

찰나의 집중력을 칼처럼 휘두르고 눈빛과 대사로 촬영 현장의 좌중을 압도하며 자신이 연기하고 있는 캐릭터의 매력을 검기처럼 뿜어내고 있는 배우들의 모습은 아닌 게 아니라 무협지 속 검객의 모습과 별반 다를 게 없다.

함께 공연하는 배우일지라도 서로가 한 장면을 함께 완성해내야 하는 조력자인 동시에 실력으로 넘어서야 하는 경쟁자의 처지다. 한순간도 방심해선 안 되기에 그들의 신경은 늘 면도날처럼 예리하다. 그런 탓에 자못 화기애애할 것만 같은 이런 술자리도 백전노장들이나 맘 편히 즐길 수 있을 뿐. 조금이라도 야심을 가진 이들에겐 자신의 경쟁자가 누구이고 그들의 내공이 어느 정도의 깊이인지 일별해 봐야 하는 무협영화 속 '용문객잔' 같은 자리가 되기도 한다.

어쨌거나 이런 단합의 자리를 거쳐 촬영이 시작되면 경쟁과 조화의 새로운 시간이 펼쳐진다. 좀 더 두드러지는 연기를 위해 돋보이는 의상과 분장에 신경을 쓰는 배우가 있는가 하면 눈빛으로 대본을 그을려 먹는 배우도 등장한다. 각자의 자리에서 최선이란 칼을 뽑아 화면 곳곳에 그 기운을 뿌려 대는 것이다. 단 여기서 전체의 균형을 무너뜨리지 않는 검법을 구사하면서도 그 초식이 빼어나다면 세상 사람들의 주목을 받는다.

연기 역시 '기브 앤 테이크'란 우주적 원리가 잘 적용된 예술이다. 경쟁자와 호흡을 주고받을 줄 알면서 자신도 돋보이게 한다면 당연히 A+를 획득한다. 반면에 자아도취적인 개인기는 평가 절하 된다. 라이벌의 의미가 한 분야에서 경쟁하는 맞수를 의미한다고 할 때 연기에서의 진정한 라이벌은 환상적인 앙상블을 이끌어 낼 줄 아는 수준이어야 한다. 경쟁하는 둘의 에너지가 작품 전체를 격상시키는 시너지로 작용할 때 시청자를 비롯한 만인이 행복해지는 것이다.

앞서 술자리에서 후배의 도발은 전의를 함께 불태우자는 라이벌 의식의 발로였다. 물론 표현은 거칠었어도 헤아려 이해 못 할 것도 아니었다. 배우는 언제나 멋있는 존재여야 하기에 허세 가득한 무협 액션 버전의 넋두리가 오가긴 했어도 결국엔 작품의 성공이란 초목표(The super-objective)를 위해 함께 잘 해보자는 얘기였다. 단순한 얘기를 너무 장황하게

찰나의 집중력을 칼처럼 휘두르고 눈빛과 대사로 촬영 현장의 좌중을 압도하며
자신이 연기하고 있는 캐릭터의 매력을 검기처럼 뿜어내야 한다.

늘어놓은 것 같지만 같은 분야에서 경쟁하는 맞수면서도 서로 피칠갑만 할 뿐 함께 잘 되자는 초목표를 잃은 자들이 너무 많이 보여 끄적거려 본다.

프레임에 갇힌 빌런과 가짜 히어로

:

사람이 입을 열면 지 '자랑'이거나 남 '험담'이란 말이 있다. 두 경우 다 뒤에 숨어 있는 '에고'가 스스로를 만족시키기 위해 일으키는 분탕질인데 유심히 들여다보지 않으면 겸손한 척, 공정한 척 우아를 떠는 그 가증스러운 위선을 발견하기란 쉽지 않다.

설령 알아챈다 해도 낙장불입, '인간이란 원래 그렇게 통속적이고 그게 또 인간적이지 않느냐'는 변명으로 덮어 버린다. 그렇게 좀처럼 갖기 힘든 자기반성의 기회를 뒷전으로 늦쳐 놓고 하루하루를 '나 홀로 존귀함'의 망상에 빠져 연명하다 한 톨 티끌로 돌아가는 게 인간 종족의 숙명이다.

'배우'라는 직업의 이로움이 있다면 이 우스꽝스러운 광대놀음을 낱낱이 뜯어발긴 후 재구성해 보는 즐거움이다. 그렇게 볼 때 '배우'란 직업은 '에고'의 속성을 이해하려 분투하다 또 그것을 사람들에게 이해시키려 몸부림치다 시간의 그늘막으로 사라지는 쓸쓸한 짓거리를 주된 놀이로 삼는다.

에고를 살펴보다 발견한 재미난 속성이 하나 있다. 바로 프레임이다. 제 눈에 안경이란 표현도 있지만 인간의 인식 작용은 일생 이 프레임을 벗어나질 못한다. 도통하지 못해서 알 수는 없지만 도인들도 '도빨'이란 고퀄의 프레임으로 속세의 우리를 바라보고 있진 않을까?

요즘 미디어를 보면 이런저런 프레임 전쟁으로 소란스럽다. 우리가 규정한 인식의 틀 안에서 보는 너희는 맘에 안 든다. 그러니 눈앞에서 사라져라. 쉽게 말해 이런 식이다. 그 작용 원리는 너무도 쉽게 와 닿는다. 우리 직업이 그 기반 위에 서 있기 때문이다.

40년 전 무대라는 액자 틀 안에서 그리고 뒤이어 진짜 24프레임 안에 갇히면서 대중들이 하사한 프레임을 장착하고 오랜 세월을 살았다. 요즘 흔한 말로 '쎈캐' 혹은 좀 더 나이브하게는 '빌런'이 바로 그것이다. 아무리 높은 지성을 지녀도 이 강철 같은 프레임을 벗어난 통찰을 지니기란 얼마나 지난한가를 절감했던 적이 있다.

　20여 년 전 최고 시청률 51.9%라는 요즘은 상상조차 어려운 대기록을 세운 드라마에 출연한 적이 있었다. 바로 MBC 대하사극 〈주몽〉이었다. 맡은 배역 이름도 기가 막혔다. 부득불(不得不). 부득이하게 불가하다. 혹은 어쩔 수 없이 어떻게 할 수밖에 없다는 의미를 담고 있는 이름이라고 작가가 설명했다. 주어진 상황에 따라 변신이 자유로운 요즘의 정치인들을 떠올리면 딱 맞다.

　3대에 걸쳐 군왕을 섬긴 정치와 처세의 달인답게 시청자들의 미움이 화살처럼 쏟아졌다. 그런 시류를 본능적으로 느꼈던 탓일까? 집에 아이들은 장안의 화제인 드라마에 아빠가 출연함에도 불구하고 별다른 감흥이 없는 듯했다. 다만 둘째가 〈주몽〉에 출연하는 캐릭터들을 소재로 만든 딱지를 들고 와 넌지시 보여주는 게 전부였다. 특히 첫째는 어떤 내색도 하지 않았다.

　그러던 어느 날 학교에서 돌아온 첫째가 밥상머리에서 폭풍 수다를 떨기 시작했다. 요약하자면 수업 시간에 담임 선생님께서 아이의 어깨에 손을 지긋이 얹으시더니 "얘야 아버님께서 인품이 참 훌륭하시더구나"라며 칭찬을 아끼지 않으셨단 얘기였다.

그런데 그런 칭찬의 이유에 입안의 밥알이 튀어나왔다. 바로 전날 방영분에 퇴위를 시켰던 금와왕을 복권시켜 주었는데 복위한 왕이 내뱉은 칭찬 한마디 덕분이었다. 내용인즉슨, 3대에 걸쳐 왕을 보필한 권력의 핵심 인사가 가솔들이 끼니를 걱정할 정도로 축재한 내용이 없어 놀랐다는 얘기였다. 왕을 몰아낼 정도로 막강한 권력을 지녔던 자가 그토록 청빈하게 살았다? 그러면서도 백성들의 애먼 죽음을 막기 위해 명분만 앞세운 전쟁을 목숨 걸고 반대한다? 이 정도면 교재로 편찬해 여의도에 계신 분들께 필독서로 읽혀야 하지 않을까 싶다.

아무튼 담임 선생님의 프레임 덕분에 집안의 기둥인 장남은 기가 살았고 온 식구가 유쾌했단 얘기다. 최완규 작가 고마우이. 그때 큰아이 담임 선생님 감사합니다.

도대체 끼가 뭔데?

:

많은 지인들이 자녀의 예능계 진로 상담을 부탁해 오며 자신들이 보기엔 흔히 '끼'라고 부르는 것이 없어서 걱정이란 얘길 자주한다. 도대체 어떤 관점에서 그 '끼'란 것이 '있다 없다'라고 판단하는 걸까? 문득 궁금해졌다.

　사실 '끼'라고 부르는 이 단어에는 많은 오해가 따라다닌다. 빛과 그림자처럼 쓰임새에 따라 말의 값어치도 쉽게 변한다. 여성이 남성 앞에서 자유롭게 매력 발산을 하면 끼부린다는 지적질이 쏟아진다. 과도한 섹슈얼리티에 빈정 상한다는 뜻이다. 반면에 누군가가 무대 위에서 멋진 퍼포먼스로 관객을 매혹시킨다면 끼를 타고났다는 찬사를 듣는다.

이처럼 긍정적으로 이해할 땐 다른 사람들의 이목을 끌거나 관심을 집중시킬 수 있는 자질이나 능력을 통칭하기도 하고 예술적인 것에 쉽게 매료되거나 그쪽의 재능을 펼치고 싶어 하는 욕망으로도 표현된다. 하지만 이 설명은 상당히 점잖은 편이다. 사전적으로 '끼'는 이성을 쉽게 사귀려는 성향이라거나 예능적 재능이나 소질을 속되게 부르는 것이라고 나와 있다.

흔히 '끼'라고 하면 아무래도 떼어서 생각할 수 없는 게 연예인들이다. 그리고 흥미롭게도 그들의 사주에 '홍염살'이나 '도화살'이 들어 있는 경우가 많다는 게 무속 쪽의 일반적인 속설인 모양이다. 쉽게 말해 주색을 밝히는 한량기질과 과도한 성적 에너지로 인해 자칫 삶을 그르치기 쉽다는 설명인데, 언론에 노출되는 스캔들이 그런 속설을 굳히는데 일조를 한 것도 부인할 수 없을 것 같다.

그래서 그런지 오랫동안 사람들의 무의식 속에선 운명적으로 불안정한 삶을 살 수밖에 없는 사람들로 인식되어 왔고, 이 두 가지 '신살'과 '끼'를 은연중에 동일시하는 경향도 있었던 걸로 보인다. 오랜 시간 사주역학을 받아들여온 우리 사회의 관습 때문이 아닐까 싶지만 선입견이 일반화될까 살짝 걱정되는 부분이기도 하다. 하지만 사주에 들어 있는 다른 기운들도 삶의 균형을 잡아나가는 중요한 요소들이니 이런 기우는 접어 둬도 좋을 것 같다.

모 방송사의 오디션 프로그램의 심사를 맡았던 때의 일이다. 그 프로는 국내 최초로 예능 분야의 전 재능을 평가해 슈퍼스타로 성장해 갈 인재를 뽑는 것을 모토로 표방했다. 당장 전공을 결정해야 할 고등학생이나 사회 진출을 목표로 한 이십 대는 그렇다 쳐도 앳된 중학생들까지 몰려들어 경쟁을 넘어 전쟁이란 말이 떠오를 정도였다.

십 대를 쑥맥처럼 교실에 앉아 건성건성 책장이나 넘기고 도시락이나 까먹었던 기억밖에 없는 사람으로선 앳되기만 한 중딩들의 겁 없는 도전은 신선한 충격으로 다가왔다. 그 어린 지원자들은 일찌감치 자신의 진로를 결정하고 강단 있게 꿈을 위해 엄청난 모험에 나선 것이다.

오디션은 춤과 노래 그리고 연기 등 예능 전 분야에 걸친 능력을 단계별로 전문 심사위원들의 평가를 받은 후 결승에서 최고의 퍼포먼스를 선보인 일인이 슈퍼스타로 등극하는 이른바 서바이벌 형태로 치러진다. 각 단계 미션이 치러질 때마다 지원자들의 경쟁은 보는 이들의 감탄을 자아내기에 충분했고 과연 저들이 이제 십 대란 게 사실일까 나이를 의심하게 만들었다. 심사위원들의 프로필만 보더라도 기가 질릴 만도 했을 텐데 청춘들은 거침이 없었다.

지금은 국내 빅4 엔터테인먼트 중 하나를 이끌고 있는 가수 겸 프로듀서 박진영, 당대 최고의 방송안무가 홍영주 그리고 방송과 영화 쪽에서 개성 있는 주연으로 인정받던 선배 여배우 이혜영 씨가 심사위원으로 포진해 있었음에도 그들은 매순간 아름답게 빛났고, 그들의 그런 재능을 직관할 수 있다는 사실 자체가 커다란 특권으로 느껴졌다.

후일담이지만 그때 만났던 어린 천재들을 후에 가요 프로나 예능 프로에서 예사로 보게 됐음에도 나는 그 사실을 까마득하게 모르고 있었다. 오디션이 있고 십 년 세월이 흐르고 난 뒤 제작진으로 참여했던 한 친구가 우연히 함께한 술자리에서 그들이 얼마나 근사하게 성장했는지를 알려줬다.

한 친구는 이른바 '깝권'이란 애칭으로 불리는 2AM의 조권 군과 〈Tell me〉 신드롬의 중심에 있었던 원더걸스의 선예 양이다. 선예 양은 이국땅에서 아이 셋을 키우는 평범한 엄마로 살다가 과거 정상에 서 봤던 '아이돌'들의 재활 프로그램에 나와 무대를 향한 갈증이 얼마나 절실했던지를 보여

주며 중년의 이 아저씨를 목놓아 울게 하기도 했다.

아무튼 기술적인 디테일에서 설익은 감은 있었지만 입장이 바뀌었을 경우 이른바 프로라 불리는 나 자신조차 저들처럼 기량을 발휘할 수 있을지 의문이 들 정도로 그들의 기량과 열정은 눈부셨다.

그런 대단한 열정의 소유자들이 합숙을 하며 최종 단계를 준비하던 어느 날 심사위원들의 중간 합평회가 열렸다. 평가 항목 중엔 지원자들의 예술적 능력 외에도 행동 특성을 평가하는 문항들도 있었다. 흥미롭게도 거기서 심사위원들이 발견한 공통점이 몇 가지 있었다. 각 항목별로 고득점을 획득한 친구들의 행동평가에서 드러난 부분이었는데 춤, 노래, 연기 등 모든 분야에서 뛰어난 재능을 보여줬던 친구들이 협동심, 리더십, 성실함 등의 항목에서도 모든 심사위원들로부터 공히 높은 평가를 받았단 점이다.

결과를 보고 심사위원들도 놀라지 않을 수 없었다. 쉬운 말로 싸가지 있고 리더십도 겸비한 친구들이 예술적 재능도 두드러졌기 때문이다. 그들의 재능은 인성의 부분 집합이었던 것이다.

물론 일반화하기에는 섣부른 점이 많은 것도 사실이다.

하지만 애초에 던진 '끼란 무엇인가'란 질문에 대한 사전적 정의는 이 지점에서 재고되야 하지 않을까 싶다.

주변의 이른바 성공한 배우들을 살펴보면 뚜렷한 개성 말고도 예술가로서 훌륭한 자질들이 쉽게 발견된다. 그 가운데 첫 번째는 집중력이다. 오랜 시간 자신의 꿈에 대한 관심을 놓지 않고 연인과 사귀듯 꿈을 살뜰하게 보살핀다는 점이다.

두 번째는 무한 인내다. 연애도 오래하면 권태기가 찾아오고 연인이 떠나가는 파국이 찾아오는 것처럼, 무명의 시간이 길어지고 생계를 우려해야 하는 상황이 닥치면 누구나 꿈을 놓고 싶은 충동을 느낀다. 하지만 그 순간을 인내하고 어떻게든 위기를 넘겨서 늦게나마 자신의 전성기를 맞이하는 모습들을 어렵지 않게 볼 수 있다.

세 번째는 열정이다. 액션 신을 대역 없이 연기를 소화하려다 부상을 입었다 정도는 이젠 내세우기 부끄러운 무용담이 되어 버렸다. 지금도 현장에선 크고 작은 부상을 감수하면서도 미친 듯 배역에 몰입하는 연기자들이 수두룩하다. 그외에도 요구되는 자질과 덕목은 많다. 어떤 것들은 선천적으로 타고나지만 대부분은 장시간에 걸친 수련으로 갖춰지기도 한다.

이제 이 땅의 청년 예술가들은 세계적인 선망의 대상이 됐다. 그들이 이룩한 빛나는 성과에 더하여 삶의 다양한 변주를 만끽할 수 있는 건강한 생각의 틀을 선물해 줘야 한다. 그들의 재능을 '끼'로 폄훼하는 일도 멈춰야 한다.

연예인이라는 직업

:

'연예인'이란 단어를 초록창에 검색해 보면 대중이 우리 직업군에 대해 갖고 있는 인식이 적나라하게 드러난다. 국민들을 상대로 재주와 기교를 부려 '희로애락'의 감정을 불러일으키는 존재들이라는 설명이 제일 앞서고 이전엔 '딴따라' 혹은 '광대'라고 불렸다는 서글픈 부연 설명이 뒤따른다.

언뜻 듣기엔 덧없는 감정 소비를 촉진시키는 일을 직업으로 삼고 있는 사람들, 다시 말해 있어도 그만 없어도 생존이란 대세엔 큰 지장 없는 존재들이란 설명 같아 짠한 맘이 든다. 세상의 변화에 따라 사람들의 인식도 변했으면 하는 바람도 들고.

하지만 개인적인 아쉬움과 상관없이 오늘날 이 땅의 젊은 딴따라와 광대들은 새로운 시대, 새로운 산업의 총아들로서 훨씬 근사하게 살아가고 있다. 나팔소리 뜨르르하게 전면에 깔고(딴따라), 근사하게 얼굴에 분을 바른 채(광대) 미디어를 권두운 삼아 자유롭게 세상을 누비며 돈과 인기를 긁어모으고 있으니 쇼비즈니스계의 올드보이에겐 개벽과도 같은 환경 변화이자 부러운 활약상이다.

한 나라의 수많은 정부부처가 수십 년 공들여 해내야 할 일들을 단 몇 년 만에 해내고 심지어는 유엔에까지 진출해 연사로 초대받는 일은 분명 범상한 일은 아니다. 그들의 활약상은 보기 좋은 정도를 지나 때론 통쾌함마저 선물해 준다. 빌보드차트나 아카데미가 넘볼 수 없는 성역일 거란 관념에 사로잡혀 살았던 세대이기에 오늘날 우리 젊은이들의 활약은 요즘 말로 '국뽕촉진제'로 더할 나위 없는 선물인 것 같다.

우리 청년들의 활약이 어느 정도의 노동 강도를 통해 성취된 것인지 기성세대들은 잘 모르면서 그들이 이뤄 놓은 성과에만 열광한다. 대개 십 대부터 시작된 그들의 여정은 짧게는 수년부터 길게는 십 년을 넘어가는 경우도 흔하다고 들었다. 또래들이 누리는 학창 시절의 이런저런 추억들과 작별한 채 연습실 거울 속 자신을 독려하며 견뎌낸 고독의 시간들을 우리 어른들은 제대로 헤아려 주기나 하는 걸까? 그들을 칭찬하며 그들이 이뤄낸 성과가 빛이 날수록 한편에선 걱정과 염려 또한 뿌리칠 수 없는 게 사실이다.

막내 아이가 중학교에 갓 입학했을 무렵의 일이다. 일 때문에 주로 서울과 부산을 오가며 한 달에 한두 번 집에 들르는 터라 온 가족이 밥상머리에 같이 모여 앉는 일은 연중행사처럼 드물었다. 아이들도 느지막이 학교에서 돌아오던 터라 밥 한 끼 대신 야식을 배달해서 불러 모아야 가족 상봉이 가능하던 시절이었다. 곁에서 아이들의 성장을 지켜보며 이런저런 도움을 줘야 하는데 어쩔 수 없이 떨어져 지내야 하는 것이 못내 가슴 아프기도 해서 잠시의 시간이나마 애들에게서 일상을 주워들으려 많은 질문을 던지곤 했다.

그날도 배달된 치킨을 열심히 뜯고 있는 아이들을 보며 흐뭇해하던 중이었다. 애청하는 드라마 시작을 기다리며 아내가 켜 놓은 TV에서 반갑지 않은 뉴스가 흘러나왔다. 젊은 라이징 스타의 음주운전을 보도하는 내용이었다. 당연히 시선이 화면에 머물며 신경을 곤두세워 주의를 기울였다. 그런데 보도 내용에 이해가 안 가는 부분이 있었다. 사건이 발생한 시점과 보도 시점에 시간상 큰 차이가 있었던 것이다.

"언제 적 사건인데 저걸 이제 보도하는 거지."

무의식중에 중얼거리고 있었다. 그러자 마치 기다리고 있었다는 듯 막내의 대꾸가 돌아왔다.

"에이, 아버지 얼마 전에 그 사건 있었잖아요."

아이가 당시 세상을 시끄럽게 만들던 정계의 스캔들을 들먹였다.

"그거 덮으려고 그러는 거죠 뭐. 뻔한 거 아녜요?"

순진한 어린애로만 알고 있던 막내에게서 그런 말이 튀어나온데 놀라 순간 할 말을 잃었다. 세상이 원래 그런 건데 새삼스럽게 뭐 그리 야단이냐는 듯한 아들의 말투도 충격이었지만, 이슈는 이슈로 덮는다는 어른들의 권모술수가 저 어린 세대에게도 간파당하고 있다는 사실이 너무도 서글펐다. 아직은 안 봐도 좋을 어른들의 부조리한 세상을 아이들이 빤히 꿰뚫어 보고 있단 사실에 너무 부끄럽고 미안했다.

보석처럼 빛나는 우리의 젊음들이 세계를 종횡무진하며 국민들에게 자부심을 선물하고 있다. 무엇보다 문화의 힘으로 세계를 호령하는 모습이 더욱 자랑스럽다. 하지만 어른들이 이런저런 사회문제들을 풀어가는 모습은 아직도 후진적이고 때론 유치하기까지 하다. 그런 어른들이 뛰어난 재능을 갈고 닦은 아이들을 공인의 자리에 올려놓고 필요할 때마다 나무에서 떨구듯 흔들어 대는 못난 짓은 제발 그만두었으면 좋겠다.

　음주운전은 분명 처벌받아야 할 범죄다. 음주운전을 옹호하려는 게 아니라 이슈를 이슈로, 새로운 스캔들을 덮기 위한 도구로 연예인을 이용해서는 안 된다는 것이다. 잘못한 게 있으면 즉시 따끔하게 꾸짖을 건 꾸짖고, 관용이 필요하다면 품어주는 게 어른 된 도리일 텐데 말이다. 연예인을 희망하는 숱한 젊음들에게 그 직업을 택하는 일이 안전하고 자랑스러운 결정임을 맘 놓고 얘기해 줄 수 있는 날이 하루 빨리 오기를…!

최참판댁 황제펭귄

:

사계절 전국을 떠돌며 심지어는 해외까지 나다니며 길 위의
삶을 이어나가야 하는 게 바로 배우라는 직업이다. 돈 버는
일에 여행까지 덤으로 보장되니 깊은 사정 모르는 이들에겐
부러움과 선망의 대상이 될 수도 있겠다. 하지만 새로 출고
한 승합차가 지방 촬영 다닌 지 일 년 만에 주행거리 16만km
를 찍는다고 상상해 보라. 매일 300km가 넘는 거리를 일 년
동안 주행하는 셈이다. 그래도 여전히 부러운 맘일까 궁금해
진다.

   존경하는 안데르센 할아버지께서 '여행은 정신을 다시
젊어지게 하는 샘'이라고 하셨다지만, 어르신께서 한국 땅에

나서서 배우로 데뷔해 일 년 정도 사극을 찍어 보셨다면 다른 코멘트를 남기시지 않았을까 싶다. 그렇다고 어른의 말씀을 딱히 섣부른 일반화라 치부하기도 뭣한 부분이 없잖아 있긴 하다.

거리에 따라 다르긴 하지만 특히 사극 촬영의 경우 대개 새벽에 길을 나서야 한다. 현대 문명의 흔적이 지워진 배경을 찾자니 자연히 지방의 오지가 목적지인 경우가 대부분인 탓이다. 뒤통수에 들러붙은 무거운 졸음과 함께 승합차에 오르면 몸뚱어린 바로 시트와 초밀착 이른바 널린 빨래 모드로 전환된다.

그렇게 이른 새벽 먼 길을 달리고 달려 산과 만나고 강을 만나고 들을 만난다. 직업상 일터가 변화무쌍한 게 더없이 고마울 때도 있다. 늘 사시사철 생경한 자연과 조우하며 뇌가 씻김과 치유를 받기 때문이다. 다음 회차의 내용을 예단할 수 없어야 드라마에 대한 기대가 폭발하듯 이른바 로케이션으로 불리는 벼락치기 여행도 행선지가 낯설어야 오가는 길이 고단할망정 약간이라도 가슴이 설렌다.

그러나 대개 오픈 세트장으로 불리는 전국에 산재한 촬영지는 맘 편한 놀이터가 된 지 오래다. 따라서 설렘의 딱지가 떨어진 지 오래고 집결지 부근의 나무들도 하도 면이 익어 도착하면 가지를 흔들어 인사를 건넬 정도다.

그럼에도 불구하고 가도가도 질리지 않는 특별히 애정하는 곳이 한 군데 있다. 바로 경남 하동이다. 가는 길의 수려함은 말을 잊게 한다. 특히 섬진강 맑은 강물에 머리채 헹구는 대숲의 그림자를 보는 일은 블랙핑크 열 번 만나는 기쁨과 기꺼이 맞바꾸고픈 호사다.(이 부분에 대한 지적질과 분노는 충분히 감내할 수 있다. 어차피 기대 수명 20년 남았고, 그 세월 뒤면 여러분도 설득당한다.)

하지만 경치 하나로 하동을 최애 핫스팟으로 꼽은 건 아니다. 하동 악양면에 가면 '최참판댁'이란 한옥이 있다. 박경리 작가의 소설에 나오는 최참판댁을 관광지로 구현해 놓은 고가이다. 사극 촬영 장소로 이미 유명한 곳이지만, 건축미가 대단하게 뛰어난 것도 아니다. 다만 고즈넉한 주변 산세와 어울리는 단아한 맛은 있는 곳이다.

어떤 기억이든 사람과 얽혀야 오래 가는 법이다. 좋든 나쁘든 말이다. 몇 해 전 11월 늦은 가을이었다. 족히 300km를 넘게 달린 차를 멈춘 후 섬진강변에서 예의 그 대숲과 주변 바람을 눈에 담은 후 최참판댁으로 들어섰다. 롱패딩으로 온

몸을 감싼 스태프들의 발걸음이 분주했다. 종종걸음 치던 스태프 중 한 명이 숨넘어가는 노을에 눈이 부신 듯 손바닥 차양을 올리며 말했다.

"어떡하죠? 진도가 안 나가서 기다리셔야 하는데…."

자기 탓이 아님에도 그녀는 많이 미안해했다.

"괜찮아, 기다리는 게 취미야" 농담으로 다독거린 후 분장과 의상 준비를 마쳤다. 하지만 해넘이가 시작된 지 오랜데 촬영 순서가 돌아오지 않는다. 마치는 시간에 따라 1박을 하거나 늦게라도 귀가를 할 수 있으니, 하루 체류비가 아까운 가장은 속셈하느라 머릿속이 분주하다. 체면에 빨리 찍으라고 닦달할 수도 없다. 널찍한 고가의 마당으로 산바람이 내리 불기 시작한다. 얇은 패딩으로 방한 채비를 꾸렸지만 얼굴과 손발 끝엔 냉기가 현저하다. 캠핑용 야외 의자를 펼쳐 놓고 하늘을 우러러 막 고개 내밀기 시작한 초저녁 별들을 감상하는 척 우아를 떠는데 손등에 갑작스레 온기가 전해진다. 놀라서 쳐다보니 스물 초반의 여자 스태프 하나가 자신의 체온으로 데워 놓은 손난로를 쥐어 준다.

"선생님, 촬영 더 늦어질 것 같아요. 추우실 텐데 이거라도 좀 쥐고 계세요."

"아냐 아냐, 나도 차에 있어. 너도 추울 텐데…."

손사래를 쳐보는데 막무가내로 기어코 손에 쥐는 걸 보고서야 멀어진다. 잔잔한 감동으로 심장 한편에서 몽글몽글 온기가 피어오르기 시작하려는데 검정 패딩을 팀복처럼 갖춰 입은 두 소녀가 다가선다.

"어떡하죠? 선생님 기다리시는 동안 추우시겠다."

잔뜩 안쓰러운 표정과 목소리가 마음에 와닿았다. 문득 그녀들의 위로 앞에 돌아가신 엄마가 그리워지기 시작한다. 익숙한 얼굴들, 분장팀 막내들이다.

"잠깐만, 안 되겠다. 선생님 너무 추우실 것 같아."

말을 마친 소녀가 패딩 지퍼를 내리더니 날개를 펼치듯 팔을 벌려 바람을 가로막고 섰다. 옆의 소녀도 순식간에 날개를 펼쳤다. 헌데 그 감동적인 순간에 왜 하필 황제펭귄이 떠올랐을까? 감동의 목멤과 웃음이 교차하는 기막힌 순간에 패딩을 펼쳐 보호막을 전개한 두 소녀를 보고 주변을 오가던 다른 소녀들이 가세하기 시작했다. 늘어난 인원은 여성 아이돌을 하기에도 딱 좋은 여섯에서 일곱! 수시로 다른 배우들 분장과 옷매무새를 정비해 줘야 하는 바쁜 와중에도 소녀들은 내 순서가 다가오도록 교대로 패딩 날개를 펼쳐 보온 가능한 둥지를 만들어 줬다. 그때 보았다. 별을 총총히 매단 지리산 밤하늘이 은혜롭게 머리 위로 내려서는 광경과 사랑이 임재하는 순간을⋯.

다른 사극 작품을 시작하며, 분장팀에 지원 나온 여자 스태프 한 명이 인사를 건넨다.

"선생님. 저 그 최참판댁 황제펭귄 중 하나예요."

아, 은인을 몰라본 이 죄를 어이할꼬! 그렇구나. 그렇다면 하트 백 개다!

아름다운 프로, 의상팀 이지혜

:

강남에 있는 한 병원이 골절상을 입고 실려 온 한 여자 환자로 인해 발칵 뒤집어졌다. 그녀는 골반뼈가 부서지고 고관절에 붙어 있는 다리뼈가 돌아가는 큰 부상을 입은 채 응급실에 도착했으나 다행히 중요 장기나 머리는 다치지 않은 것으로 밝혀졌다. 즉시 응급조치가 취해졌고 깁스를 한 채 병실로 옮겨졌다. 원인은 교통사고였다.

그렇다면 흔한 교통사고를 당한 그녀가 병원을 발칵 뒤집어놓은 이유는 무엇이었을까? 사실 병원 스태프들을 흥분하게 만든 건 그녀가 아니라 병실로 찾아온 방문객 때문이었다. 가족보다 더 일찍 맨 처음 그녀를 병문안 하러 찾아온 한 남자. 바로 그의 등장으로 병원 안엔 온갖 루머가 떠돌기 시작했다. 특히 여성 간호사들은 두 사람의 관계를 추측하느라 머리를 맞대기에 여념이 없었다.

그런데 갈수록 점입가경이었다. 병원 안에 희고 까만 미니밴들이 줄줄이 도착하더니 대중에게 낯익은 얼굴들이 무더기로 쏟아져 나왔다. 진료를 위해 병원을 찾았던 환자들과 병원 관계자들은 눈이 휘둥그레졌고 뜻하지 않은 조우에 간혹 단말마의 비명을 지르는 이들도 있었다.

그들은 서둘러 입원한 그녀의 병실로 발걸음을 옮겼다. 하나같이 비장한 얼굴이었다. 당도한 이들이 병상을 에워쌌다. 병실은 병중인 여왕과 그녀를 알현하는 신하들을 연상케 하는 광경이 펼쳐졌다. 회진을 위해 병실을 찾은 의사와 간호사도 이 낯설고도 충격적인 장면을 마주하자 눈을 크게 뜨고 열린 입을 다물지 못했다.

이쯤 되자 병원 사람들은 입원한 그녀의 정체가 몹시 궁금해졌다. 도대체 뭐하는 사람이기에 저토록 많은 유명인들이 줄줄이 병문안을 온 걸까? 병원 사람들의 궁금증엔 아랑곳없이 병실에선 깔깔거리는 그녀의 웃음소리가 흘러나왔다.

"오빠 그거 알아? 나 지금 내 생에 최고의 순간을 보내고 있어. 여기 병원 사람들이 내가 뭐 하는 사람인지 알고 싶어 궁금해 죽으려고 그래."

그녀는 부상으로 인한 통증 따윈 아랑곳없이 미스터리한 자신의 정체 논쟁으로 소란스러워진 병원 안 분위기를 즐기는 표정이었다. 사실 병문안 온 사내들을 자신의 호위무사 부리듯 무릎 꿇린 그녀는 당시 최고 49.7%의 경이적인 시청률을 달성한 드라마 〈주몽〉의 의상 담당이었다. 그리고 그녀의 부상 소식을 듣고 맨 처음 한달음에 달려온 사내는 드라마를 기억하고 계신 분들은 쉽게 짐작할 것이다.

그렇다. 콘텐츠가 수출된 이란에서 기적의 시청률 90%를 견인한, 그리고 이란인들이 실제 왕자 대접을 했다는 송일국이었다. 당대 최고의 화제 드라마 주인공이 병실에서 독대를 한 여인이다 보니 병원의 소문은 그녀가 송일국의 숨겨놓은 연인으로 가닥이 잡혀져 있었다. 거기에 폭발적인 관심을 받던 드라마 최고의 주조연급 배우들이 여왕을 알현하듯 연일 병실 문 앞에 늘어서니 송일국 연인의 부상설은 거의 팩트로 굳혀져 가고 있었다. 다만 그녀가 연예인이 아니고 너무 수수한 외모의 일반인이란 사실이 의외라면 의외랄까.

병원 사람들의 곡해와는 상관없이 사실 그녀는 출연 배

우들에게 너무도 소중한 존재였다. 화면에서 자신의 모습이 두드러지길 바라는 배우들의 옷태가 그녀의 손끝에서 비롯되기 때문만은 아니었다. 고작 대여섯 명의 의상 팀원들이 이삼백 명의 인원이 동원되는 전쟁 신을 찍는 경우를 생각해 보라. 상하의 기본 의상에 투구, 망토, 각반, 토시, 모카신까지. 두 당 10피쓰씩 200인용을 준비한다고 상상해 보면 머리가 하얘질 것이다.

그런데도 착장을 도와주고 촬영 후 수거, 세탁, 관리까지 해야 하는 감당 불가의 엄청난 노동을 그녀는 현장에서 진두지휘해 냈다. 배역 명을 가진 주, 조연급 출연자들의 착장을 돕는 일은 제외하고도 말이다. 총 제작일수 380여 일에 중국 현지 로케이션과 매일 전국 팔도의 산하를 누벼야 하는 살인적인 스케줄에 수면 부족과 영양 공급 부실, 과로는 필연적으로 따라다녔다.

사실 그녀가 당한 사고도 누구나 우려했던 결과였다. 의상 탑차를 몰던 운전자가 깊은 밤 국도변 갓길에 세워진 트럭 적재함을 들이받으면서 조수석의 그녀가 튕겨져 나가고 또 다른 팀원의 정강이뼈를 부수는 사고를 일으켰던 것이다.

하지만 같이 사고를 당했던 그녀의 후배가 전한 사고 당일의 상황은 듣는 이들의 가슴을 더욱 뭉클하게 만들었고 끝내 울음까지 터트리게 했다. 골반뼈가 부서지고 다리뼈가 돌아간 채 차가운 국도 바닥에 내팽개쳐진 그녀가 정신을 차리자마자 내지른 일성 때문이었다.

"자영아! 연결 의상 챙겨!"

사고로 만신창이가 된 채 쓰러져 있던 그녀는 다음 날 배우들이 촬영 때 입을 의상부터 우선 수습할 것을 후배에게 소리치고 있었던 것이다. 후배는 처음에 자신의 안위부터 묻지 않는 선배가 야속하게 느껴졌다고 했다. 그러다 정신을 차려 보니 사고로 인해 촬영에 초래될 막대한 지장이 떠오르더라는 것이다. 그러면서 순간의 야속함이 바로 존경심으로 바뀌었다고도 했다.

시간이 제법 흘렀지만 옛 전우를 찾듯 그녀가 적을 두고 있는 방송사를 가게 되면 이젠 내근직으로 자리를 옮긴 그녀를 꼭 찾는다.

"아직도 비가 오면 골반이 쑤셔. 오빠!"

엄살이 아닌 걸 안다. 그럼에도 그녀와 함께 작품을 했던 사실은 추억을 넘어 여전한 감동으로 가슴을 흔들어 놓는다.

"이지혜, 리스펙트!"

착한 마녀의 웃음 처방전

:

겨우내 생계 걱정에 시달린 가장은 우울을 코트처럼 껴입고 해가 중천에 솟구치도록 이불 위에서 시간을 으깨고 있었다.

"오빠이야~!"

난데없이 고막 속으로 쏟아져 들어온 목소리에 맥없이 널브러져 있던 몸뚱이가 용수철처럼 튕겨 오른다. 전류를 삼킨 듯한 짜릿한 쾌감이 온몸을 타고 흐르면서 광대가 승천하고, 온몸이 목소리가 실어 나르는 그루브에 반응하기 시작한다. 심장을 흐르는 혈류가 늘어나며 새로운 세상에서 깨어난 기분이 드는 건, 머리를 금빛으로 물들인 한 소녀가 TV 오디션 프로에 나와 상큼 발랄한 목소리로 "오빠이야~"를 외치며 심사위원들의 마음을 한껏 들었다 놓고 있었기 때문이었다. 잇몸 만개한 그들의 표정과 제 표정이 별반 다르지 않은 걸 보니 소녀는 벌써 꽃길을 예약한 것 같았다.

노래에 나오는 '오빠'라는 호칭은 경상도의 경계를 넘으면서 사투리로 몸을 바꾼 후 갑자기 달라진 뉘앙스로 엄청난 물리적 위력을 발산하기 시작한다. 핵심은 '오빠'가 아닌 '오빠이야~'에 있었다. 그 소리를 외친 당사자를 향한 무한 책임감을 불러일으키는, 그러면서도 듣는 이를 무장 해제시키는 오묘한 힘을 지닌 주문으로 탈바꿈하기 때문이다.

기시감처럼 그 주문의 신박한 힘을 실감했던 기억이 하나 더 얹힌다. 요즘과는 달리 밤샘 촬영이 흔하던 시절의 얘기다. 그래봤자 불과 수년 전이긴 하지만 헤어를 담당하는 모 방송사 여자 스태프 중에 사극 몇 편을 함께 했던 친구가 있었다. 서로를 오빠 동생으로 부르는 게 편할 만큼 익숙한 사이였다. 하지만 밤낮없이 이어지는 촬영에 시달리다 보면 너나 할 것 없이 지친 기색을 내비칠 수밖에 없었다.

어느 날 분장차에 오르는 모습이 기운 빠져 보였는지 "오빠이야~" 귀여운 콧소리로 차 안 공기를 잔뜩 부풀린 그녀가 나풀거리며 곁으로 다가왔다. 곧이어 따뜻한 커피나 녹차라도 한 잔 하지 않겠느냐며 세심하게 안색을 살피기 시작했다. 분장 전 차 한 잔으로 긴장을 풀어주려는 그녀의 살가운 배려가 느껴지던 찰나, 마침 분장 차례가 돌아왔고 그녀의 후배 분장사 한 명이 "선배님 이리 오셔서 준비하시죠"라며 의자를 가리켰다. 그런데 무엇에 비위가 상했는지, 순간 그녀가 갑작스레 정색을 하며 후배들에게 한마디 쏘아붙였다.

"얘들아, 앞으로 이 분을 선생님이나 선배님이라고 부르면 안 돼! 무조건 '오빠이야'라고 불러. 오빠가 아닌 오빠이야다. 알겠어?"

깜빡 했었는데 그녀 역시 경상도 보리문둥이였다. 시치미 뚝 떼고 열연을 펼친 그녀 덕에 일순간 차 안에 긴장이 흘렀지만 누구나 장난이란 걸 금방 알아챌 수 있었다. 곧이어 여기저기서 키득거리는 소리가 새어 나오기 시작했지만 아랑곳하지 않고 그녀는 한 명 한 명 지목하며 '오빠이야~'를 연습시키기 시작했다.

삼촌 혹은 아버지 뻘의 연기자를 '오빠이야~'로 불러야 하는 어린 그녀들은 당혹스러운 나머지 귀까지 붉게 물들이며 흐느끼듯 '오빠이야~'를 연발했다. 심지어 '오빠이야~'를 3부 화성으로 하모니를 맞추는 연습까지 더해졌다. 때마침

촬영 현장에서 쌓이는 피로에는 '웃음'이란 면역제가 최고 '명약'이다.
서로가 힘들 때 웃음으로 다독이는 지혜를
그녀에게서 배웠다는 게 너무 고맙게 느껴진다.

죽을 때까지 배우로 살고 싶다

영문도 모르고 분장 수정을 위해 여주인공이 차에 올랐다. 웃음으로 초토화된 분위기에 자신만 소외됐단 사실이 느껴져서였을까? 궁금증을 견디지 못하고 아직도 웃음기를 헹궈내지 못한 한 명을 붙든 채 이유를 캐묻기 시작했다.

아뿔싸! 차라리 모르는 게 나았을 것을…. 내용을 들은 그녀 역시 당혹스러웠나 보다. 그러거나 말거나 짐짓 뭔가를 기대하는 표정을 지으며 귀에 손을 갖다 대고 그녀의 얼굴을 응시해 봤다. 운명을 직감했는지 그녀는 짧은 한숨을 짓더니 마침내 결심이 선 듯 터질 듯한 붉은 얼굴에 기어들어가는 목소리로 겨우 '오빠이야~'를 뱉어냈다.

그 뒤로도 한참 동안 낮밤을 가리지 않는 촬영이 이어졌지만 분장차에 오를 때마다 새된 목소리로 '오빠이야~'를 불러주는 어린 여동생들 덕분에 기운을 차릴 수 있었다.

그리고 뒤늦게 '오빠이야~'의 덫에 빠져 버린 우리 여주인공! 먼발치에서도 귀에 손만 갖다 대면 립싱크하듯 입모양만으로, 같은 장면을 촬영할 땐 스파이들의 접선 신호처럼 조용히 곁에 다가와 '오빠이야~'를 속삭여 주곤 후다닥 달아났다. 현장에서 조우하면 암호처럼 인사를 주고받으며 둘만 키득거리는 일이 잦다 보니 심지어 그녀를 돕던 개인 스태프

들조차 연유를 알고 싶어 하며 두 사람의 눈치를 살피기 시작했다. 궁금해 죽을 것만 같은 그들의 표정을 뒤로하고 이스릴 넘치는 둘만의 장난질은 뒤풀이 날까지 이어졌다. 힘든 촬영 현장에서 쌓이는 피로에는 '웃음'이란 면역제가 최고 '명약'이란 교훈을 남기면서 말이다.

요즘도 TV에서 방영되는 사극을 보면 화면 뒤에 가려진 스태프들의 노고가 선연히 그려진다. '오빠이야~'라는 마법의 주문으로 그 힘든 현장에서 모두를 웃음의 솥단지 안에 몰아넣었던 착한 마녀 또한 떠오른다. 또 다른 작품에서 그녀를 만난 사람들은 그녀의 시침 뚝 뗀 익살에 혼절하고 있을지도 모른다. 서로가 힘들 때 웃음으로 다독이는 지혜를 그녀에게서 배웠다는 게 너무 고맙게 느껴진다.

OTT와 유튜브 시대

⋮

세상의 급작스러운 변화에 현기증이 날 정도다. 공중파 3사가 방송가의 절대 강자로 군림하던 시대를 지나 이른바 종편 채널 시대를 맞이하더니 OTT(Over The Top) 시장에 유튜브까지 열리면서, 이젠 고전적인 의미의 미디어 시장은 그 경계가 모호해졌다. 이처럼 급격히 확장된 미디어 환경을 두고 세상 사람들은 말한다. 그만큼 다채로운 환경 속에서 출연 기회가 많아져 배우들에겐 득이 아니냐고. 이에 대한 대답은 '글쎄올시다'가 적절하지 싶다.

고전적인 의미에서 영화의 시대가 종말을 앞두고 있는 듯한 조짐이 여기저기서 나타나고 있다. 물론 단기간에 그

비극적인 몰락이 도래하진 않겠지만 유수의 투자배급사들이 사업을 접고 사업 전환을 모색하고 있단 소식이 들리고 있다. 코로나19로 인한 사회 구조와 생활 풍속 등이 변화를 겪으면서 문화를 향유하는 사람들의 습관도 시류를 따를 수밖에 없게 되자 투자배급사의 제작 관행에도 변화가 불가피하게 된 것이다.

주말과 휴일에 친구, 연인, 가족과 함께 여가를 즐기던 대표적인 문화 공간으로서의 영화관이 질병 감염의 우려로 기피 공간이 되어 버리자 젊은 세대들부터 안전하게 콘텐츠를 즐길 수 있는 휴대용 단말기 쪽으로 관심을 옮겨 갔다. 언제 어디서든 한 번 결제로 맘에 드는 콘텐츠를 무제한으로 골라볼 수 있는 매력적인 세계가 그들을 끌어들이고 있는 것이다. 교통 혼잡도 피할 수 있고 군집 관중에 의한 질병 감염의 공포로부터도 자유로우며 내 눈앞에 혹은 내 손안의 단말기로 전 세계의 콘텐츠를 열람할 수 있으니, 같은 가격으로 한 편의 영화밖에 관람할 수 없는 극장은 점점 매력을 잃어가고 있는 것이다.

대신 기존 공중파나 종편 방송에서는 볼 수 없었던 소재와 표현 한계를 크게 확장시킨 OTT용 시리즈물에 자금이 몰리면서 새롭게 시장의 개편이 이뤄지고 있다. 특히 장르물에 대한 대중들의 기호에 편승해 기획된 작품들이 연이어 세계 시장에서 호평을 받으면서 시장의 변화는 더 가속화되고 있는 것처럼 보인다. 그 급속한 변화를 배우들은 어떻게 겪어내고 있을까? 이른바 배우들을 대신해 출연 영업을 뛰는 소속사 실장들의 실적이 많은 것을 대변해 준다.

새로운 인물들의 약진. 오래된 인물들의 퇴진. 물론 감독이나 작가의 선구안에 의존한 경우가 많지만 기존의 영화나 TV에서 이미지가 많이 소진된 올드보이들에겐 아무래도 기회가 줄어들고 있는 게 현실인 것 같다. 물론 예외가 있긴 하지만 장르물에 등장하는 인물의 경우 노역을 설정하는 작품이 드물다 보니 더더욱 뒷전으로 밀리는 추세인 것이다.

여기엔 기획자들의 현실적인 셈법도 크게 한몫하지 싶다. 제작자 혹은 투자자가 원하는 이른바 티켓 파워를 가진 주인공 몇몇을 제외하곤 연기력을 어느 정도 인정받는 신인들을 발굴 배치해 제작비를 절감하는 추세가 대세인 것도 같다.

새로워진 미디어 세상에선 하루아침에 글로벌스타로 도약하는 배우들이 속출하고 있다. 반가운 일이다. 하지만 레전드로 불리우던 대선배들, 그들에게서 뿜어져 나오던 아우라를 가까이서 느낄 수 있는 기회가 점차 사라지고 있는 것도 현실인 것 같다. 드라마 속 세계가 우리가 살고 있는 현실 속 인간 세계를 재현한 것이라면, 갓난아이부터 백세 노인에 이르기까지 온갖 연령대의 인물들의 삶이 태피스트리처럼 짜여서 완성될 텐데 완성된 직물의 색감이 계속 천편일률적이면 어떡하나 걱정이 벌써 앞선다.

아직도 영화관에선 가난한 영화쟁이들이 주머니를 털어 만든 다양한 인생사가 필름에 담겨 상영되곤 한다. 금방 심장이 쿵쾅거리고 손발이 오그라드는 긴장감은 없어도 맨밥을 찬찬히 씹다 보면 고소함과 단맛까지 느껴지는 것처럼 두고두고 아껴 보고픈 살가운 영화들이다. 시류에 상관없이 오로지 작품에 이끌려 출연료라는 셈을 뒤로한 채 열연 중인 선후배 동료들도 그 속에서 찬란히 빛나고 있다.

문득 오래전 부산국제영화제 숙소로 사용되던 호텔 로비의 아침 풍경이 머릿속에서 상영된다. 故 신성일 선배께서 이름을 부르셨다. "재용아, 이리 와서 선배님들께 인사 좀 해라." 꿈을 꾸는 것 같았다. 어릴 적 어머니 손을 붙잡고 드나들던 영화관에서 뵀던 분들이 현실 속으로 걸어 나와 계셨다. 아마도 요즘 젊은 세대들에겐 많이 낯선 이름들이리라. 신영균, 윤일봉, 윤양하….

내 이름은 이재용, 나는 배우입니다

⋮

아주 오래전 일이다. 대학교 연극동아리에서 시작한 연기 활동이 졸업 후 전문 극단으로 이어지면서 전업 배우의 삶이 시작됐다. 지역 극단에서의 구력이 쌓여 가며 이따금 거리를 걷다 보면 얼굴을 알아보는 사람들과 마주치게 됐다. 그럴 때면 그들은 "저 혹시 연극배우 아니세요?"라며 조심스럽게 말을 걸어오곤 했다. 그때마다 약간의 민망함과 감사함이 스쳐 지나갔다.

십수년 고달픈 무대배우로서의 이력에 새로운 돌파구가 생겼다. 독립영화 출연에 이어 상업영화에 출연 기회가 생긴 것이다. 바로 곽경택 감독의 영화 〈억수탕〉이었다. 곽경택 감독도 상업영화에 첫 도전장을 내민 처지였던 터라 서로 큰 기대는 갖지 않았다. 개봉관에서의 아쉬운 결과에도 불구하고 영화는 비디오테이프 대여점 대여 순위에서 상위에 랭크됐다. 〈억수탕〉이란 제목과 테이프껍질에 인쇄된 목욕탕 내부 사진으로 생긴 오해 덕분이란 얘기가 파다했다.

그 사이 곽경택 감독은 두 번째 영화 〈닥터 K〉를 연출할 기회를 얻었고 잊지 않고 작은 역이나마 맡아 달라며 의리를 지켜줬다. 감사한 마음으로 달려가 최선을 다했다. 여자환자를 수술용 메스로 위협하며 난동을 부리는 사이코 역할이었다. 차인표, 김혜수, 김하늘 등 메인 캐스트들이 당대 최고 핫한 배우들이었음에도 불구하고 개봉 후 관객 스코어는 2만 명을 조금 넘겼고 애써 아쉬움을 달랠 수밖에 없었다.

흥행 참패 후 잠행으로 소식이 끊겼던 곽경택 감독에게서 한참 후 다시 연락이 왔다. 재회 후 마주한 술자리에서 충무로에 삼세번의 징크스라는 게 있는데 데뷔 감독이 세 번 안에 흥행작을 생산 못 하면 충무로 바닥을 영원히 뜨게 된다는 전설 같은 얘기였다. 확실히 그는 외양부터 다른 분위기를 풍기고 있었다. 머리를 삭발하고 눈빛이 그 어느 작품 때보다 빛이 났고 열정으로 이글거렸다. 처음 3고째 시나리

세월이 흐르면서 적잖은 수의 드라마와 영화에 얼굴을 내밀었다.
간간히 토크쇼나 관찰 예능, 심지어는 개그 프로그램에 특별 출연까지 해 봤다.
그러나 언제나 결론은 하나의 방향을 보여준다.

나는 죽을 때까지 배우로 살고 싶다는 것,
죽어서도 배우로 남고 싶다는 것,
배우라는 이름으로 기억되고 싶다는 것.

죽을 때까지 배우로 살고 싶다

오를 디밀고 갔던 그는 13고째 수정한 영화 〈친구〉 시나리오
를 들고 다시 나타났다. 그리고 어떤 배역을 맡을 것인가 의
논했다.

사실 그와의 재회 전에 부안시립극단에 오디션을 보고
들어갔었고 그때까지도 사람들은 "저, 혹시 배우 아니세요?"
라고 멋쩍게 물었고 대답 역시 늘 멋쩍었다.

어쨌거나 다음 만남에서 장동건의 열연이 돋보였던 극
중 '동수'를 스카우트하는 건달 '차상곤'으로 배역이 결정됐
고 크랭크인에 들어갔다. 다시 기회를 준 감독이 고맙긴 했
지만 사실 한 가지 걱정이 있었다. 대사가 온통 부산 사투리
로만 적혀 있었던 것이다. 부산에 삼십 년 넘게 산 사람이었
지만 고개가 갸웃거려졌다. 타지방 사람들을 위해 자막이라
도 필요한 게 아닌가 싶었다.

그러나 영화가 개봉되자 그런 기우들은 한꺼번에 날아
갔다. 몇 달 사이에 부산 사투리가 표준어를 대신한 것 같았
다. 온갖 프로에서 사투리를 써가며 영화 내용을 패러디하는
게 유행일 정도였으니까. 그렇게 곽경택 감독의 영화 〈친구〉
는 대성공을 거두었다.

더불어 내 삶에 커다란 변화가 찾아왔다. 단 한마디로 대

변된다. "저기, 영화배우 맞죠? 〈친구〉에 나온?" 사람들의 물음은 확신에 차 있었고 대답도 당당할 수 있었다. 그 후로 세월이 흐르면서 적잖은 수의 드라마와 영화에 얼굴을 내밀었다. 간간히 토크쇼나 관찰 예능, 심지어는 개그 프로그램에 특별 출연까지 해 봤다. 그 사이 사람들은 "탤런트 아니세요?"라고 묻거나 "연예인시죠?"라고 묻는 경우가 늘어났다. 그때마다 갑자기 배우란 호칭을 잃어버린 것 같은 서운함이 밀어닥칠 때가 있다. 범주의 문제긴 하나 어떤 개념으로 불리는가가 그토록 중요한 이유를 곰곰 생각 중이다.

그러나 언제나 결론은 하나의 방향을 보여준다. 나는 죽을 때까지 배우로 살고 싶다는 것, 죽어서도 배우로 남고 싶다는 것, 배우라는 이름으로 기억되고 싶다는 것.

그날
나는
붓다를
보았다

ⓒ 이재용, 2025

2025년 6월 9일 초판 1쇄 발행

지은이 이재용
발행인 박상근(至弘) · 편집인 류지호 · 편집이사 양동민
편집 김재호, 양민호, 김소영, 최호승, 정유리, 이란희, 이진우 · 디자인 쿠담디자인
제작 김명환 · 마케팅 김대현, 김대우, 이선호, 류지수 · 관리 윤정안
콘텐츠국 유권준, 김희준
펴낸 곳 불광출판사 (03169) 서울시 종로구 사직로10길 17 인왕빌딩 301호
     대표전화 02) 420-3200 편집부 02) 420-3300 팩시밀리 02) 420-3400
     출판등록 제300-2009-130호(1979. 10. 10.)

ISBN 979-11-7261-171-2 (03810)

값 18,000원